利辛地理

梁栋

LIXIN DILI

何孟春　刁莉宏◎主编

安徽师范大学出版社

责任编辑:潘　安　祝凤霞
装帧设计:丁奕奕

图书在版编目(CIP)数据

利辛地理 / 何孟春,刁莉宏主编.—芜湖:安徽师范大学出版社,2012.6
ISBN 978-7-81141-799-9

Ⅰ.①利… Ⅱ.①何… ②刁… Ⅲ.①利辛县—概况 Ⅳ.①K925.44

中国版本图书馆 CIP 数据核字(2012)第 137242 号

利辛地理
何孟春　刁莉宏　主编

出版发行:安徽师范大学出版社
　　　　芜湖市九华南路 189 号安徽师范大学花津校区　　邮政编码:241002
网　　址:http://www.ahnupress.com/
发 行 部:0553-3883578　5910327　5910310(传真)　E-mail:asdcbsfxb@126.com
经　　销:全国新华书店
印　　刷:安徽芜湖新华印务有限责任公司
版　　次:2012 年 8 月第 1 版
印　　次:2012 年 8 月第 1 次印刷
规　　格:787 × 1092　　1/16
印　　张:6
字　　数:90 千
书　　号:ISBN 978-7-81141-799-9
定　　价:24.00 元

本书系“地理校本教材开发与应用研究”课题(批准号:JG10110)成果

◎ 目 录

安徽省行政区划图

（据中国地图出版社 2007 年版 2012 年修订的《安徽省地图册》制图）

第一章

皖北水乡　淮上江南

◎ 第一节

地处中原　交通便利

利辛县位于安徽省西北部，地处生态环境优美的西淝河中游两岸，隶属中国历史文化名城、“四大药都”之首的亳州市。

亳州概况

阅读

亳州市位于安徽省西北部，2000 年 5 月经国务院批准设立为省辖市，辖涡阳、蒙城、利辛和谯城三县一区，谯城区为市委、市政府机关所在地。全市土地面积 8 374 平方千米，总人口 610 万人(据第六次全国人口普查数据)。亳州境内，京九(北京—九龙)铁路纵贯南北，涡河水运直抵淮河、长江，311、105 国道在市内交叉穿过，济广(济南—广州)、宁洛(南京—洛阳)、许亳(许昌—亳州)、宿永亳(宿州—永城—亳州)、济祁(济宁—祁门)高速贯穿全境，距商丘、阜阳机场仅百里之遥。

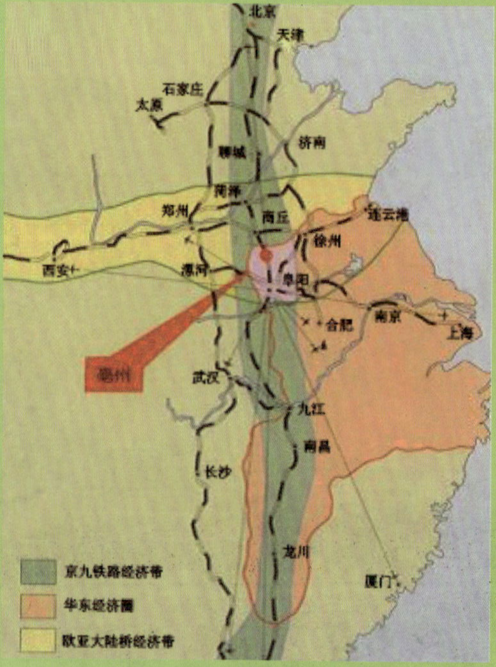

图 1–1　亳州市地理位置示意图

亳州名人辈出，古迹众多。亳州的历史人文景观与黄山的自然景观遥相呼应，素有“南黄山北亳州”之说。1986 年亳州被命名为“国家历史文化名城”，1998 年被评为首批“中国优秀旅游城市”。

亳州是一座资源丰富、产业突出的特色城市，素有“药都”、“酒乡”、“黄牛金三角”之美誉。

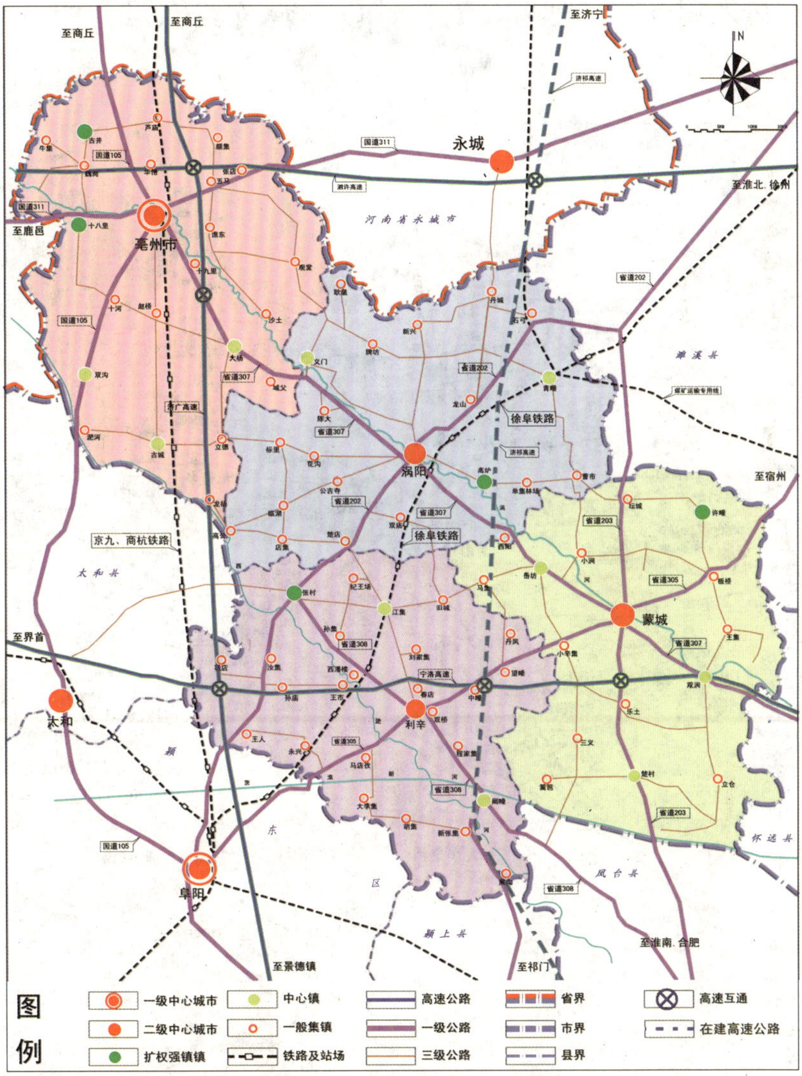

图 1-2　亳州市交通示意图(亳州市住建委提供)

活动

请在图 1-2 中找出利辛县的位置，并用红笔描出从利辛到亳州的路线。

利辛地处东经 115°54′～116°31′、北纬 32°51′～33°27′。东邻蒙城县，西近阜阳市太和县，北靠涡阳县，南接阜阳市颍东区和颍上县，东南与凤台县毗连。

利辛最南端位于展沟镇宋楼，最北端位于旧城镇南刘庄，南北相距约 57.4 千米；

最东端位于望疃镇李大圩，最西端位于王人镇大蒋营，东西相距约 68.5 千米。全县总面积 2 005 平方千米，县界长约 250 千米。

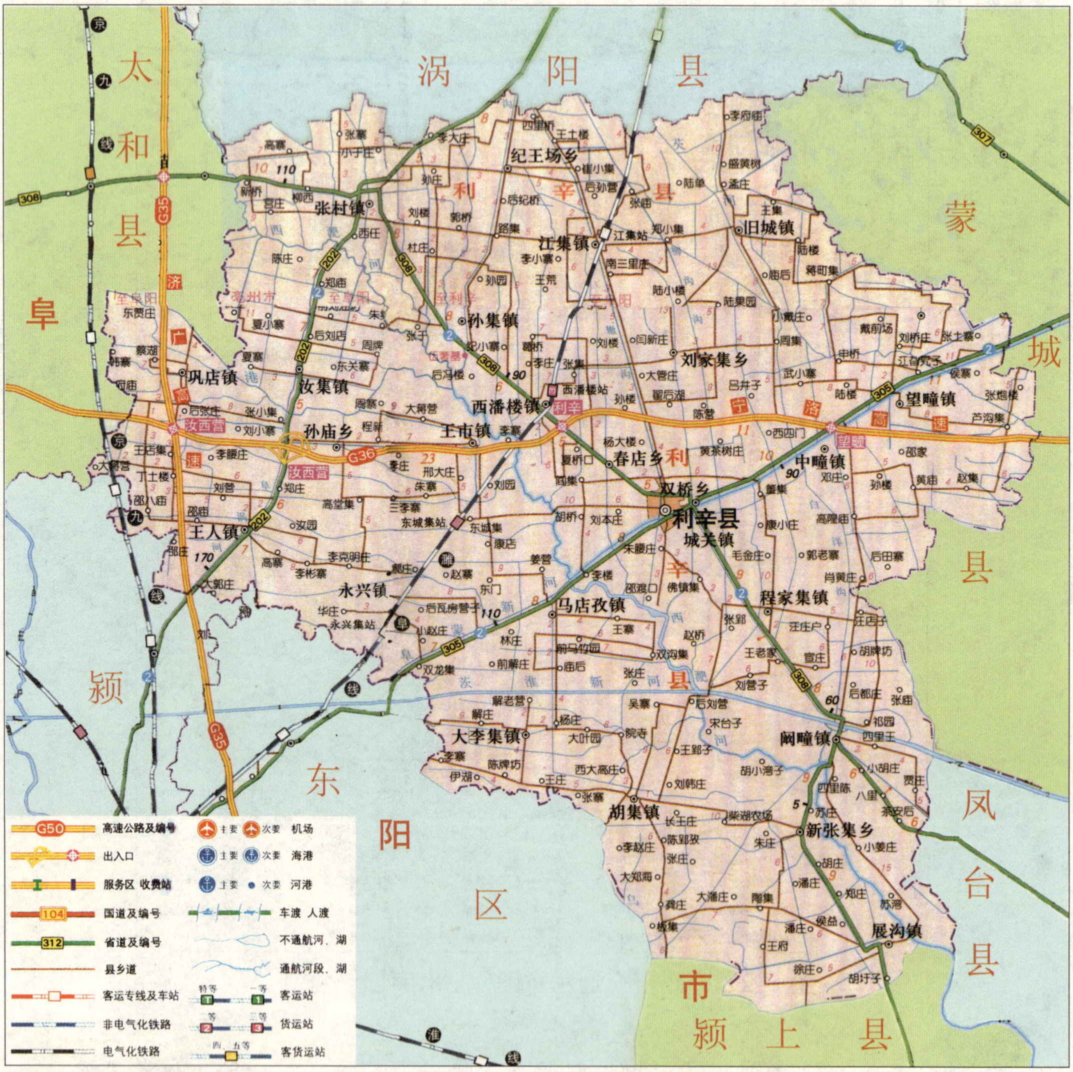

图 1-3　利辛县交通示意图

（据星球地图出版社 2012 年修订版《安徽省交通地图册》制图）

思考

(1)从利辛到北京、上海、广州，如何出行？（提示：从公路、铁路、空运、水运等角度思考。）

(2)利辛地理位置和交通条件，对其经济发展有哪些积极影响？

利辛，处在发达的东部地区和大开发的中西部地区的经济过渡带，位居南北两大文化板块结合部，承东启西，连南接北，交通便利。铁路：京九铁路穿县而过，濉阜（濉溪—阜阳）铁路纵贯南北，一小时可直达京沪高铁蚌埠站。高速公路：宁洛、济广、济祁（在建）三条高速公路"一横两纵"交会于利辛。水运：西淝河、阜蒙河、茨淮新河、利阚河等河流在此交汇，四季通航，千吨轮船可通江达海。航空：利辛县城距阜阳机场仅 45 千米。管道：西气东输管道穿过利辛县北部。

◎ 第二节

源于四县　变化巨大

利辛县建于 1965 年 5 月 1 日，当时属阜阳地区；2000 年 5 月后属亳州市管辖，现辖 23 个乡镇、352 个村、5 个社区。

阅读

利辛县的由来

利辛县辖地，先秦分属古胡子国、州来国地。胡子、州来先后为楚所灭，遂属楚地。秦置郡县，分属汝阴、下蔡县地。汉，析置城父、山桑县，遂分属汝阴、下蔡、城父、山桑县地。三国、两晋，依汉制。南北朝，南宋将城父县并入浚仪，北魏于山桑县地置涡阳县，遂分属汝阴、下蔡、浚仪、涡阳县地。隋，复置城父、山桑县，遂分属汝阴、下蔡、城父、山桑县地。唐天宝元年（742）改山桑县为蒙城县，遂分属汝阴、下蔡、城父、蒙城县地。五代、宋（辽、金），依唐制。元至元二年（1265）汝阴县入颍州，遂分属颍州及城父、下蔡、蒙城县地。明，洪武中，废城父县入亳州，废下蔡县入寿州，遂分属亳、颍、寿州和蒙城县。清雍正十一年（1733），于寿州地析置凤台县；雍正十三年（1735），于颍州地析置阜阳县；同治三年（1864），析阜阳、蒙城、亳州、宿州地置涡阳县，遂分属阜、涡、蒙、凤 4 县地。民国年间，依清制。中华人民共和国成立后，依民国旧制。

1964 年 9 月 12 日，安徽省人民委员会向国务院报告："以阜阳、蒙城之间的公路交叉点之利辛集为中心，分别从阜阳、涡阳、蒙城、凤台四县划出部分地区设置利辛县。”同年10月31日，国务院全体会议第148次会议决定设立利辛县。1965年5月1日，由阜阳专员公署筹备，组建利辛县人民委员会，析阜阳县王人、王市、马店、胡集4区，析涡阳县阎集、江集、张村3区，析凤台县阚疃、展沟2区，析蒙城县望疃区，共10个区组成利辛县辖区，开始办公。办公地点临时设在阎集区公所院内，同年10月移于今址。

（摘自《利辛县志》）

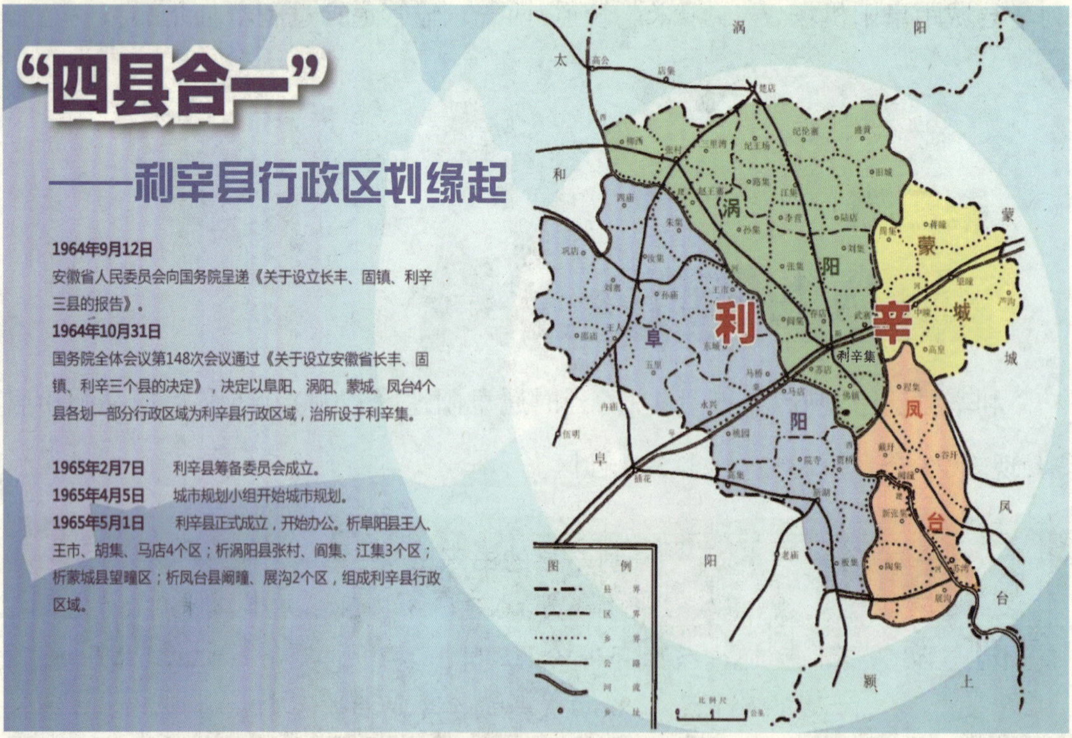

图1-4　利辛县行政区划缘起

活动

(1)讨论1965年成立利辛县的原因。

(2)阅读下面材料，调查“利辛”名称的由来还有没有其他的说法。

阅读

利辛县名的由来

利辛县因县城置于利辛集附近而得名。利辛集古为驿站。驿站是古代供传递官府文书和军事情报的人员或来往官员途中食宿、换马的场所。我国驿站有着3 000多年的历史，清时驿站分驿、站、铺三部分。铺由州、县管辖，不受行政区划的限制，根据交通状况而定。据乾隆十七年(1679)《颍州府志》载，自颍州至蒙城，途中有插花铺、桃园铺(今谭铺)、利现铺、董家铺(今董集)、中疃铺、望疃铺。利现铺在清道光年间递铺裁撤时被取消，后来多有乡民移居，卖茶售饭，成为过路店。1951年土地改革时，已发展到十几户人家。阜蚌(阜阳—蚌埠)公路通车后，设一招呼站，声名不断远播，逐渐变成小集镇。“利现”二字后谐音为“利辛”。

利辛县城介于黄寨和小黄庄之间，旧时地势低洼，人称“黄湖”；县境内张村铺于唐武德三年(620)曾设置文州；古老的西淝河是利辛的母亲河。因此，利辛又别称“黄湖”、“文州”和“西淝河故道”。

一、日新月异的县城

利辛县城位于境内中心位置，临阜蒙河，倚车辙沟，是利辛县的政治、经济和文化中心。

图1–5　淝水之韵文化广场

图1–6　五一广场晨练

图1–7　县城老城区鸟瞰

建县以来，县城变化巨大。2008 年，利辛县城建成区面积 14.2 平方千米；2011 年，利辛县城建成区面积 21.4 平方千米，道路骨架覆盖面积 32 平方千米。

◆ 利辛县城总体规划的变化

建县以来，由于经济发展等的需要，利辛县城总体规划进行了多次调整，规划方案不断优化，城区规模不断扩大，发展方向不断明晰，城市功能不断完善。

县城总体规划（1965—1975）：城市中心发展区在阜蒙新河以北，以人民路和向阳路为城市发展轴；用地面积 0.5 平方千米，人口 0.2 万人。

图 1-8　利辛县县城总体规划（1965—1975）

县城总体规划(1982—2000):规划到1990年,用地面积2.77平方千米,人口3万人;到2000年,用地面积4.4平方千米,人口5万人,城镇将沿建成区向西发展。

图1-9　利辛县县城总体规划(1982—2000)

县城总体规划(2000—2020):城市性质为县域政治、经济、文化、科技中心,以发展农副产品加工、现代工业、商业为主的工贸城镇;至规划期末,城市人口规模16万人,用地规模15平方千米;城市发展方向为西进、北扩、东控、南优。

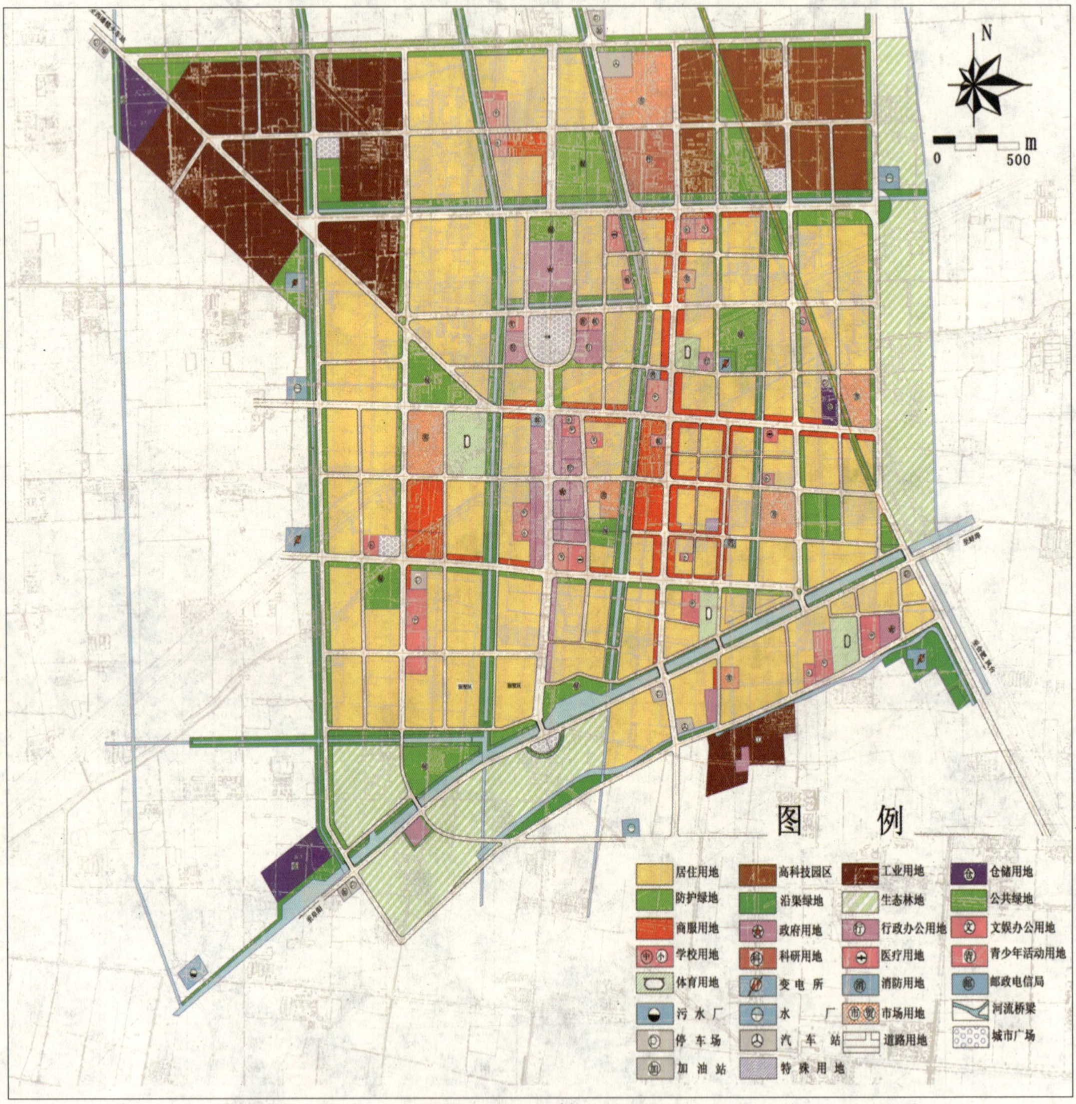

图1-10 利辛县县城总体规划(2000—2020)

县城总体规划(2007—2020):城市性质为以商贸、工业为主的生态型综合城市;2010年城市人口规模15万,用地规模15.75平方千米,2020年城市人口规模30万,用地规模30.1平方千米;城市发展方向为西进、北扩、南优、东待;规划布局结构为两轴、两片、六区。

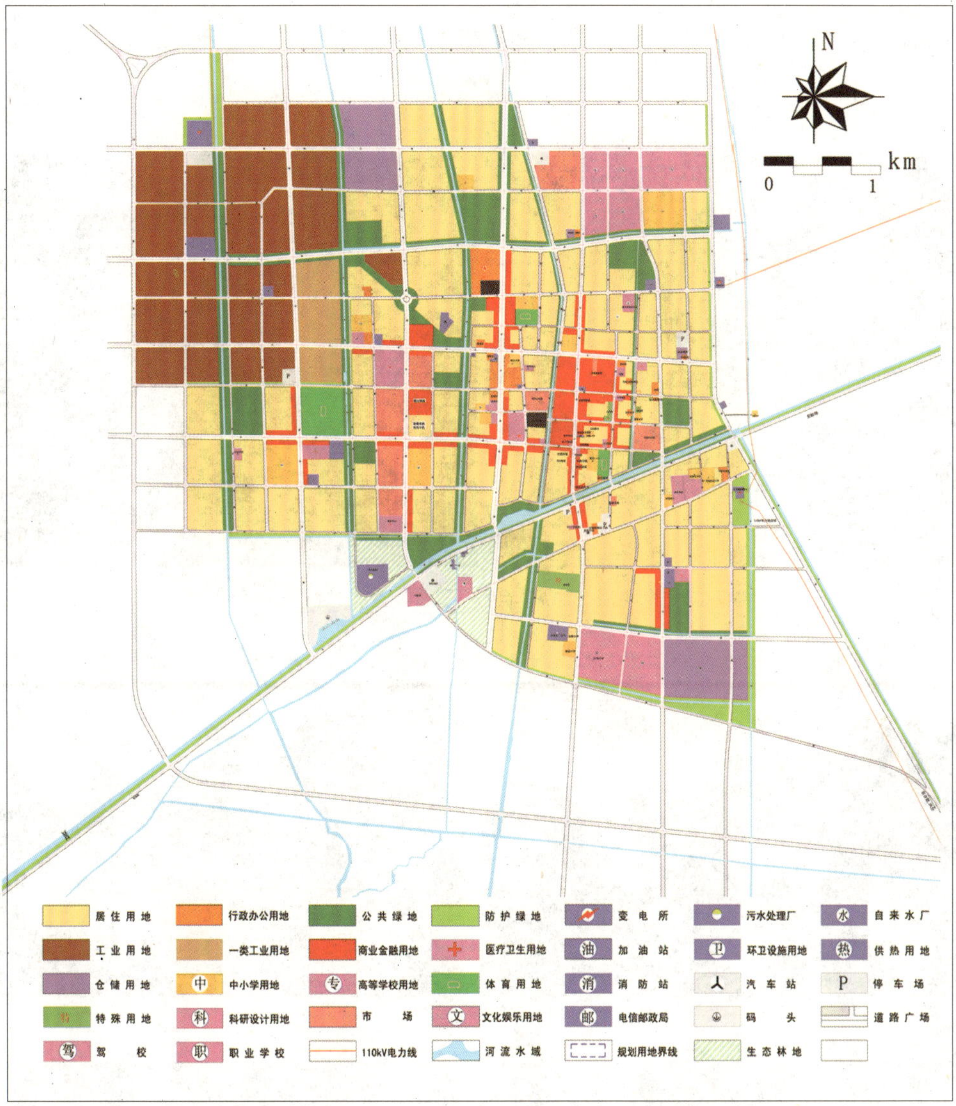

图 1-11　利辛县县城总体规划(2007—2020)

随着城市发展情况的变化,利辛县县城总体规划方案遵循科学发展观,适时调整、优化,绘制新的蓝图。

活动

比较利辛县县城 2007—2020 年总体规划与 2000—2020 年总体规划的异同。

◆ 利辛县城面貌的变化

建县以来,县城面貌日新月异。特别是改革开放以来,利辛县城发生了翻天覆地的变化。

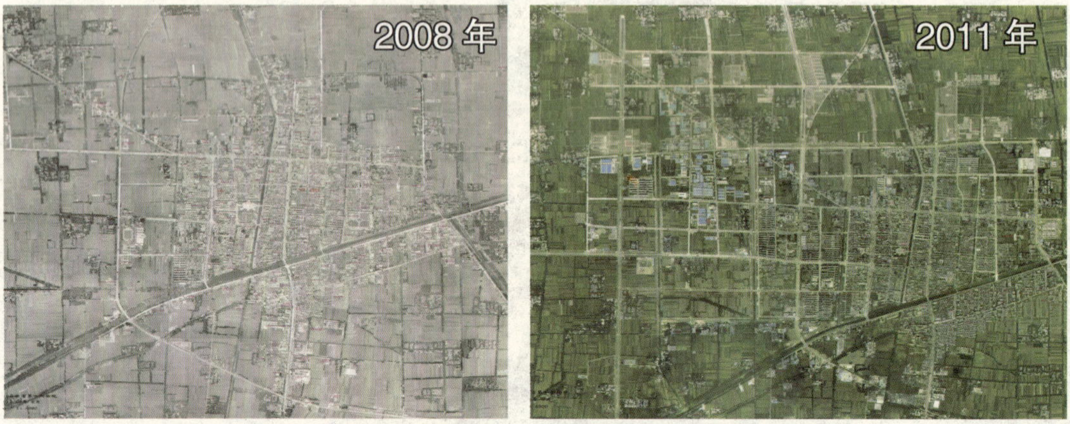

图 1-12　利辛县主城区航摄影像

图 1-13　红丝沟巨变

图 1-14　淝河路桥面貌对比

讨论

比较以上图片，说说 2008 年至 2011 年利辛县城的变化。

二、历史悠久的乡镇

建县以来，由于经济建设和发展的需要，利辛县属地行政区划变动多次。2008 年，利辛县下设 23 个乡镇（图 1–15）：城关镇、阚疃镇、张村镇、江集镇、旧城镇、西

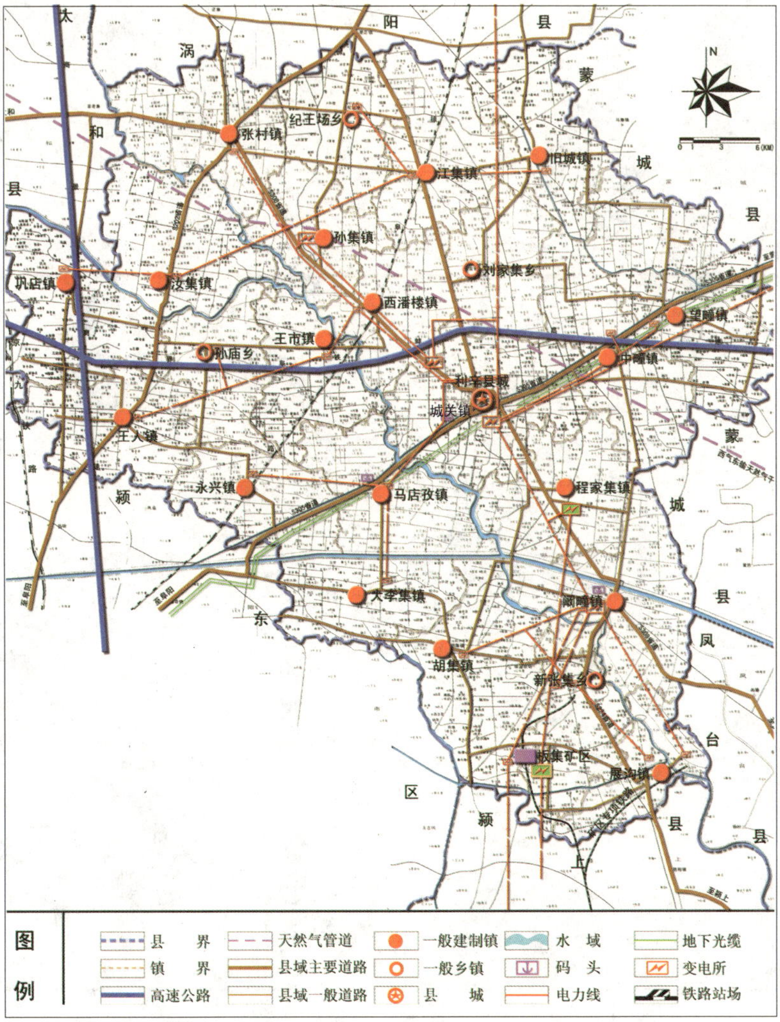

图 1–15　利辛县乡镇分布示意图

潘楼镇、孙集镇、汝集镇、巩店镇、王人镇、王市镇、永兴镇、马店孜镇、大李集镇、胡集镇、展沟镇、程家集镇、中疃镇、望疃镇、刘家集乡、纪王场乡、孙庙乡、新张集乡。

利辛县是全国人口大县，2010 年全县总人口 157.6 万，人口稠密，人口密度远高于全国和全省平均水平。所辖 23 个乡镇人口数量差别较大。

表 1-1　2010 年利辛县各乡镇人口和面积统计表

地区类别	年末总户数（户）	年末总人口（合计）	面积（平方千米）
城关镇	59 818	159 729	116
西城	11 872	23 279	
东城	12 358	25 002	
城南	13 209	38 675	
双桥	11 466	36 865	
春店	10 913	35 908	
纪王场乡	13 870	49 474	71
刘家集乡	14 265	50 644	62.7
孙庙乡	14 442	49 886	57.6
新张集乡	15 485	51 895	71
中疃镇	16 959	64 252	104
望疃镇	27 263	95 002	137
旧城镇	14 559	57 330	68
江集镇	19 840	74 500	101
张村镇	25 328	86 485	108
孙集镇	12 606	44 452	65
巩店镇	22 094	76 630	110
王市镇	16 843	56 089	72
汝集镇	20 260	67 884	87
西潘楼镇	19 367	64 250	72.9
王人镇	19 610	61 600	74
马店孜镇	21 460	68 585	92
永兴镇	16 486	53 065	70
胡集镇	25 867	90 846	115
大李集镇	16 922	56 135	71
展沟镇	12 350	41 896	50
阚疃镇	28 426	95 784	116
程家集镇	17 843	59 535	87
利辛县	471 963	1 575 948	2 005

资料来源：利辛县统计局。

利辛历史悠久，古镇、名镇较多。张村古称“文州”，马店古称“延陵集”，旧城以旧有古城遗址为名，王人被称为“书画之乡”，等等。

阚疃镇简介

阅读

阚疃镇位于县城东南方向18千米处，临西淝河、茨淮新河，利凤、利颍公路在镇内穿过，是通往淮南、合肥的交通要冲。建县前属于凤台县，民国年间设为阚疃区。1948年1月，中国共产党建立临时阚疃县。1949年3月，县废。中华人民共和国成立后，一直为区、乡、镇机关驻地。

相传阚疃为三国阚泽的故乡。著名病理学家、医学教育家侯宝璋，现代书法家孙逸久，都是阚疃人。阚疃中学的前身是天主教在利辛县最早传教的地方。镇南有大漴陂故迹，传说淮南王刘安吃鲤鱼一定要吃西淝河大漴陂的鲤鱼。

图1-16 位于阚疃中学内的天主教堂(建于1912年秋)

1974年，在镇北茨淮新河上新建枢纽工程1组。节制闸、船闸、引水闸、排涝闸、抽水站等8项工程拔地而起，扼塞水陆，控驭旱涝，为阚疃镇一大壮观。登闸远眺新河，青堤绿水，极目一色。阚疃服装业发达，20世纪80年代曾是淮北地区最大的农村服装市场。

图1-17 阚疃闸

活动

以阚疃镇简介为例，写一篇介绍自己所在乡镇或社区的文章。

三、星罗棋布的村庄

利辛县境内有近千处略高于地面的“庄户地”，习惯称之为“马庄户”、“王庄户”、“老庄户”等，常有旧时砖、瓦、器皿碎片出土，都是古村落遗址。从文化层面分析，这些“庄户地”有的是秦汉时期所建，有的是宋元时期所建。随着人口增长，新的村庄不断出现，如新张营、杨新楼、李新庄、武新庄、新宅等，都是由老的村落改建而成。因地处平原，村庄多呈团块状。

思考

(1)你知道自己所在村庄的名字由来吗？
(2)你能介绍一些自己村子的逸闻轶事、民间传说吗？

◎ 第三节

四季分明　降水集中

利辛气候属暖温带半湿润季风气候。日照充足，气候温和，雨量适中，四季分明。年均气温 14.8℃，无霜期 215 天，年均日照时数 2 223.4 小时，年均太阳辐射总量 124.7 千卡 / 平方厘米，年均降水量 823.9 毫米。

一、冬冷夏热　年温差大

利辛最冷月（1 月）平均气温在 0℃以下，隆冬时节最低气温在 -10℃以下；

夏季气温较高，盛夏时节，晴天的最高气温为37℃～39℃；气温年较差较大。

图1-18 利辛冬、夏景观差别大

思考

许多利辛外出的人，无论是到南方，还是到北方，冬季回来过年时，都说利辛的冬天太冷了，是什么原因？（提示：南方的冬季气候较温暖；北方虽冷，但是室内有暖气，室内温度高，也不觉得冷。）

利辛地处北亚热带与南暖温带的过渡带，其气候资源与安徽中南部的有显著差异，农产品也有很大的不同，盛产小麦、大豆、玉米、棉花等。

思考

亚热带气候和暖温带气候对农业发展有什么不同影响？利辛县有水稻种植吗？有双季稻吗？

二、降水丰富 集中于夏季

利辛县位于东部季风气候区，风向和降水都具有明显的季节性交替变化的特征，冬季盛行从大陆吹向海洋的偏北风，夏季盛行从海洋吹向陆地的偏南风。冬季风产生于亚洲内部，寒冷、干燥，在其影响下利辛县冬季降水少，气温低。夏季风来自东南面的太平洋，温暖、湿润，在其影响下，利辛县夏季降水丰富，雨热同期。

在季风的影响下，利辛县降水季节分配明显不均。年降水夏季最多，春秋季较少，冬季最少。

利辛县降水的时间变化，除了季节分配不均外，各年降水多少也不一样，有的年份多，有的年份少，年际变化很大。

思考

(1)秦岭—淮河一线是我国哪两个干湿地区的分界线？和多少毫米等降水量线基本一致？

(2)利辛属于哪个干湿地区？（提示：利辛的年降水量 823.9 毫米，过渡性质明显。）

季风对中国降水的影响

阅读

夏季风 影响我国的夏季风有源于太平洋的东南季风和源于印度洋的西南季风。一般在5月初，华南地区盛行夏季风，此时为华南雨季的开始；5月底或6月初西南地区盛行夏季风；6月中旬长江中下游地区盛行夏季风，即为长江中下游地区梅雨季节的开始；7月中旬华北与东北地区盛行夏季风，即为北方地区雨季的开始，同时，长江中下游地区梅雨季节结束进入伏旱天气；8月中下旬为夏季风鼎盛时期，此时雨带推进到在中国活动的最北、最西界限。因此，夏季风活动对我国的降水影响明显。

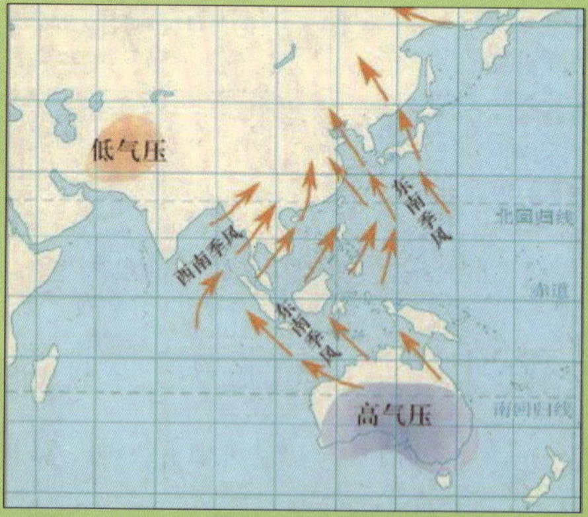

图 1-19 夏季风的风向

冬季风 冬季风源于蒙古、西伯利亚。由此吹出的西北、北或东北季风寒冷干燥，1月最强盛。

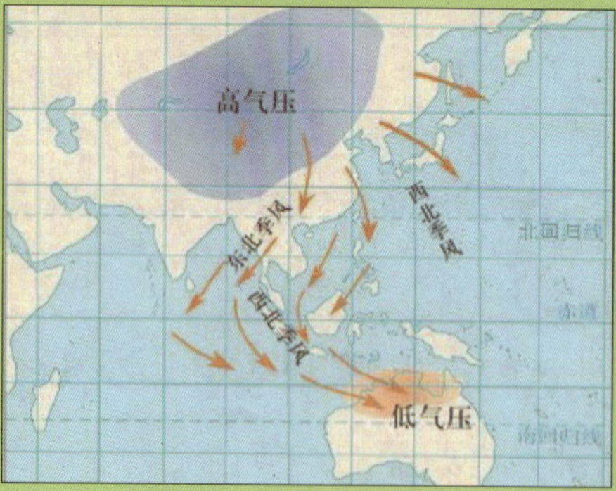

图 1-20 冬季风的风向

思考

利辛降水季节分配不均及年际变化大的原因是什么？

利辛的植被

阅读

森林植被：多属暖温带落叶阔叶林，为人工植被。主要乔灌木树种有杨、泡桐、柳、桑、槐、榆、椿、楸、桃、李、杏、梨、柿、核桃、苹果、法国梧桐、荆条、杞柳、白蜡条等。

草被：由于垦殖和其他人为破坏，原始草被已荡然无存。野生草类品种有茅根草、葛巴草、扒草秧子、鱼腥草、蒲公英、车前草、毛谷谷草(又名牛草)、扁扁草、节节草、满天星、狗尾巴草、涩拉拉秧和灰灰菜等。

农业植被：秋种作物主要是小麦和油菜，夏种作物主要是大豆、玉米、红芋、高粱、棉花、芝麻、花生、烟叶、药材、蔬菜和瓜果等。

◎ 第四节

淝河滋润　平原秀美

在利辛大地上，有许多河流，它们均属淮河水系，顺着地势，直接或间接地由西北向东南注入淮河。境内河流一般含沙量小，流量季节变化大，夏季是丰水期，易泛滥，冬季是枯水期，易出现宽谷细流乃至断流的局面。由于地势平坦，各河流比降很小。河床均呈槽型，低于地平面。

在众多的河流中，西淝河是利辛人民的母亲河，茨淮新河是利辛境内最大的人工河。

一、西淝河是利辛人民的母亲河

西淝河全长约 265 千米(利辛境内约 83 千米)，发源于河南太康县马厂集，流经亳州市谯城区及太和、利辛、涡阳、颍上、凤台五县，至凤台峡山口入淮，流域面积 4 750 平方千米，属平原区河流。

图 1-21　西淝河之夏

历史上，西淝河流域旱涝灾害多发。新中国成立后，西淝河成为重点治理河流。1951 年，从亳州淝河集截流入涡河，上游称清水河，下游称西淝河。1976 年，西淝河在阚疃被新开挖的茨淮新河截断，分为上、下两段。由于利辛境内的西淝河刚好在中段，本地无污水汇入，上游也无污水流入，西淝河是一条无污染的河流。西淝河水面辽阔，风光秀丽，孕育了利辛悠久的历史和灿烂的文化。

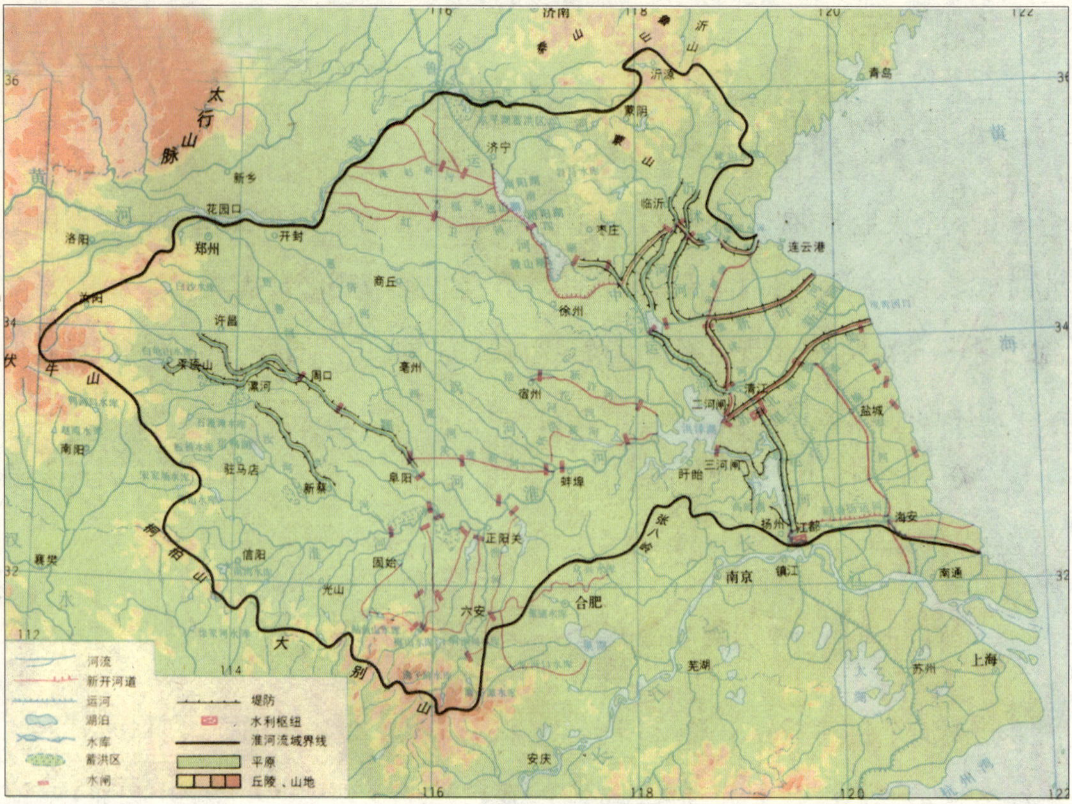

图 1-22　淮河流域示意图

活动

(1)读淮河流域图,找出淮河及其主要支流涡河、西淝河。

(2)利辛境内的重要河流还有茨河、乾溪等河流。请你介绍一下自己家乡的河流。

新中国成立以来最大的人工河——茨淮新河

阅读

茨淮新河上起沙颍河茨河铺,经阜阳、利辛、蒙城、凤台、淮南,于怀远县荆山口入淮河,全长134.2千米,包括截引黑茨河和西淝河上游,流域总面积7 127平方千米。设计分泄颍河洪水2 000立方米/秒,下段设计排洪流量2 400立方米/秒。

图1-23　茨淮新河

茨淮新河工程1971年开工,1991年完工,包括平地开挖河道130千米,建上桥、阚疃、插花、茨河铺4个枢纽以及上桥和阚疃两个提水站,并治理茨河、西淝河支流等。

茨淮新河的建成,减轻了淮河干流正阳关至怀远间的洪水负担,配合支流治理,提高了颍河防洪标准,缓解了黑茨河受颍水倒灌的威胁和西淝河下游洼地涝灾,缩短阜阳、蚌埠间航程100千米。

二、宽广美丽的平原是利辛人民的家园

利辛属于淮河平原区(黄淮平原的一部分),地形平坦,平均海拔28米。地势以万分之一坡降,由西北向东南微倾。一望无际的田野,坦荡舒展,阡陌纵横。

利辛县平原地形的形成,主要归功于河流泥沙的长期沉积作用。奔流在利辛大地上的各条河流,夹带着大量的泥沙,在东流的过程中由于流速逐渐降低,大

量泥沙沉积下来，经过几百万年的时间，形成了今天的平原地形。同时，历史上黄河多次改道入海，带来大量的泥沙，对利辛县平原的形成也起到了重要作用。

图 1-24 黄淮平原示意图

思考

(1)利辛的地形特征及形成原因。

(2)平原地形对利辛人民生产、生活的影响。

三、治理旱涝灾害是利辛人长期面临的重大课题

利辛地处淮河流域，降水季节变化及年际变化较大，旱涝灾害多发。特别是南部一些乡镇，由于地势低洼，防洪形势严峻，抗洪工作一直是重中之重。

图 1-25 特大暴雨洪涝(2007 年,利辛)

图 1-26 抗旱保苗(2008 年,利辛)

涝灾产生的原因及治理措施

阅读

涝灾产生的自然原因分气候、地形、水系三个方面。气候因素包括：降水持续时间长，降水集中(如长江中下游地区的梅雨天气)，导致河流水量大；夏季风的强弱变化(副高强，南旱北涝；副高弱，南涝北旱)；台风的影响；厄尔尼诺现象等。地形因素包括：地势低洼，水流不畅等。水系因素包括：水系支流多(扇形水系、树枝状水系)，汇水集中；缺少天然的入海河道(如淮河)；河道弯曲(如荆江河段)等。

涝灾产生的人为原因有三个方面：植被破坏，水土流失加剧，河床抬升；围湖造田，使湖泊调洪能力下降；不合理水利工程建设。

治理涝灾的措施有以下七项：植树造林，建设防护林体系；退耕还湖；修建水利工程；裁弯取直，加固大堤；开挖入海河道(如淮河)；修建分洪蓄洪区；建立洪水预报预警系统。另外，还可以采用非工程措施：洪泛区土地管理，拟订撤离预案，实施防洪保险等。

上游：治理原则是调洪，做法是修水库、植树造林；中游：治理原则是分洪、蓄洪，做法是修水库，修建分洪、蓄洪工程；下游：治理原则是泄洪、束水，做法是加固大堤，清淤疏浚河道，开挖河道。

思考

(1)结合以上阅读材料分析利辛县为什么水灾多发？

利辛县城有别称“黄湖”？(说明利辛洼地众多)

利辛气候：(主要从降水特点分析)

淮河水系特点：

分析：利辛水灾多发原因？

(2)如何治理利辛水灾？

阅读

2007年7月中旬，淮河流域连降暴雨，造成利辛县展沟等四个乡镇部分村庄、农田被水围困，汛情十分危急。利辛二中积极响应县委、县政府号召，自7月13日至8月3日，先后组织100多人，分别在阚疃镇袁湾村、新张集乡房庄村奋战22天，为全县取得抗洪救灾最后胜利作出了应有贡献，受到县委、县政府表彰。

(摘自《利辛二中报》)

第二章

人口密集　文化厚重

◎ 第一节

地少人多　劳务大县

利辛县人口众多，虽然年均自然增长率较小，但由于人口基数大，每年净增人口数量仍然较多。农业剩余劳动力多，外出务工人员数量大。人口以汉族为主，少数民族有回族、满族等。

一、人口众多

利辛县是全国人口大县，人口稠密，由于地处平原，人口分布比较均匀。

表 2–1　2010 年安徽省各市常住人口地区分布统计表

地 区	人口数（万人）	比重（%）	
		2000 年	2010 年
合肥市	570.2	7.57	9.58
淮北市	211.4	3.18	3.55
亳州市	485.1	8.60	8.15
宿州市	535.3	9.35	9.00
蚌埠市	316.4	5.57	5.32
阜阳市	760.0	13.56	12.77
淮南市	233.4	3.46	3.92
滁州市	393.8	6.78	6.62
六安市	561.2	10.10	9.43
马鞍山市	136.6	2.03	2.30
巢湖市	387.3	7.08	6.51
芜湖市	226.3	3.59	3.80
宣城市	253.3	4.51	4.26
铜陵市	72.4	1.16	1.22
池州市	140.3	2.36	2.36
安庆市	531.1	8.78	8.93
黄山市	135.9	2.32	2.28
全省合计	5 950	100	100

资料来源：《安徽省 2010 年第六次全国人口普查主要数据公报》。

表 2-2 2010 年年末利辛县人口统计表

地区类别	户数(户)	人口合计	非农业人口	性别		年龄			
				男	女	18岁以下	18～35岁	35～60岁	60岁以上
城关镇	59 818	159 729	69 713	81 729	78 000	36 859	48 862	54 203	19 805
西城	11 872	23 279	23 279	11 407	11 872	4 405	8 512	8 308	2 054
东城	12 358	25 002	25 002	12 250	12 752	4 585	8 860	8 806	2 751
城南	13 209	38 675	12 559	20 499	18 176	8 848	11 421	13 173	5 233
双桥	11 466	36 865	4 905	19 394	17 471	10 250	9 160	12 669	4 786
春店	10 913	35 908	3 968	18 179	17 729	8 771	10 909	11 247	4 981
纪王场乡	13 870	49 474	1 774	26 263	23 211	12 432	15 242	14 778	7 022
刘家集乡	14 265	50 644	1 889	27 054	23 590	12 079	16 436	15 277	6 852
孙庙乡	14 442	49 886	2 280	26 370	23 516	11 321	14 632	16 489	7 444
新张集乡	15 485	51 895	2 001	27 736	24 159	12 176	17 208	16 118	6 393
中疃镇	16 959	64 252	2 167	34 118	30 134	16 018	21 011	20 105	7 118
望疃镇	27 263	95 002	3 788	51 370	43 632	21 594	31 884	30 767	10 757
旧城镇	14 559	57 330	2 064	30 425	26 905	14 577	17 348	18 046	7 359
江集镇	19 840	74 500	3 401	39 133	35 367	17 800	23 341	23 217	10 142
张村镇	25 328	86 485	6 532	45 462	41 023	21 663	27 009	25 409	12 404
孙集镇	12 606	44 452	2 350	23 612	20 840	10 146	14 054	13 572	6 680
巩店镇	22 094	76 630	3 501	40 632	35 998	18 159	22 631	24 677	11 163
王市镇	16 843	56 089	2 875	29 795	26 294	11 582	18 152	18 348	8 007
汝集镇	20 260	67 884	2 499	35 499	32 385	14 663	21 283	22 341	9 597
西潘楼镇	19 367	64 250	3 154	33 918	30 332	14 996	21 541	20 038	7 675
王人镇	19 610	61 600	3 041	32 328	29 272	13 960	18 198	20 190	9 252
马店孜镇	21 460	68 585	3 337	36 223	32 362	15 793	21 978	21 635	9 179
永兴镇	16 486	53 065	2 322	28 010	25 055	11 240	16 623	17 208	7 994
胡集镇	25 867	90 846	5 993	47 996	42 850	20 795	28 470	27 659	13 922
大李集镇	16 922	56 135	2 112	29 761	26 374	13 379	17 005	17 928	7 823
展沟镇	12 350	41 896	2 177	22 578	19 318	10 133	13 240	13 092	5 431
阚疃镇	28 426	95 784	8 039	50 679	45 105	24 146	28 655	30 819	12 164
程家集镇	17 843	59 535	1 710	31 667	27 868	15 132	18 376	17 927	8 100
利辛县	471 963	1 575 948	138 719	832 358	743 590	370 643	493 179	499 843	212 283

资料来源:利辛县统计局。

思考

读表 2-1 和表 2-2：

(1)为什么说利辛县是全国人口大县?

(2)计算利辛县人口密度。

(3)对比利辛县和黄山市的人口数量,思考人口对经济发展的影响。

建县以来，由于经济的发展、人民生活水平的提高以及医疗卫生事业的进步,利辛县人口死亡率大幅下降,人口数量迅速增加。

1965 年建县时人口为 715 765 人,到 2010 年年底达到 1 575 948 人。人口基数大,增长绝对数量多,给自然资源和生态环境带来了沉重的压力。

利辛县严格贯彻计划生育政策,人口过快增长得到有效控制。2008 年,利辛县人口出生率为 1.51%,死亡率为 0.6%,自然增长率为 0.91%,人口的自然增长率大为降低。

思考

(1)利辛县人口数量变化的趋势、原因及影响。

(2)了解自己所在自然村或社区人口数量的变化,并分析人口变化特点。

(3)利辛县存在哪些人口问题? 可以采取哪些针对性措施?

二、劳务输出大县

利辛县农村人口数量多,人均耕地面积少,经济发展给自然资源和环境,尤其是土地和水资源带来了一定的压力。因此,利辛县每年有大量农村剩余劳动力涌向城镇和东部沿海经济发达地区。

思考

(1)利辛县人外出务工,主要从事哪些行业? 为什么?

(2)联系本地实际,分析农民工外出经常会碰到哪些问题?有什么好的解决方案?

图 2-1　利辛农民工的身影

阅读

利辛劳务人员主要经阜阳火车站外出。阜阳火车站，2002—2004年，每日发送旅客节前为6千人左右，节后为5万人左右。节后旅客流向集中在上海、广州、北京3个方向。2004年春运期间，阜阳火车站向这3个方向共发送101万人，占春运旅客发送总量的90.8%。

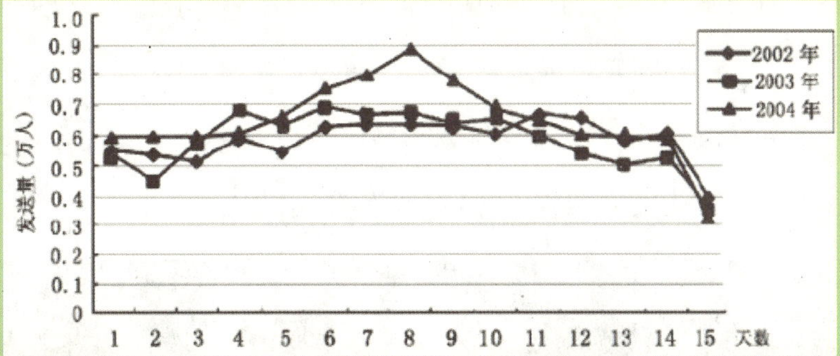

图 2-2　阜阳站春运节前15天每日发送旅客数量图

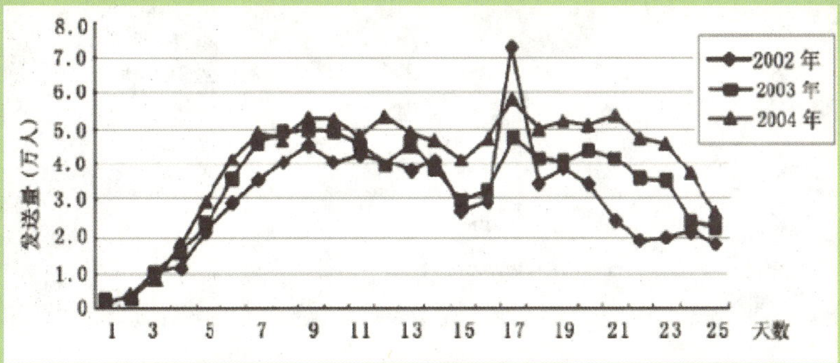

图 2-3　阜阳站春运节后25天每日发送旅客数量图

图 2-4　春节后外出打工的人潮

思考

阜阳火车站为什么成为春运期间全国最繁忙的火车站之一？

利辛县的人口主要流动到东部沿海地区，大量的人口输出对利辛县产生的影响主要表现在：很好地缓解了人地矛盾，有利于保护、改善利辛县农村的自然环境；加强了利辛县与外界的联系，开阔了人们的视野，更新了人们的观念，使他们学到了新的技术，有利于利辛县经济的发展，促进了利辛县新农村建设；但同时也带来了一系列的负面影响，如造成人才流失，留守妇女、老人、儿童增多，留守儿童问题突出。这些问题已经引起了政府部门的广泛关注和重视。

图 2-5　留守老人及儿童

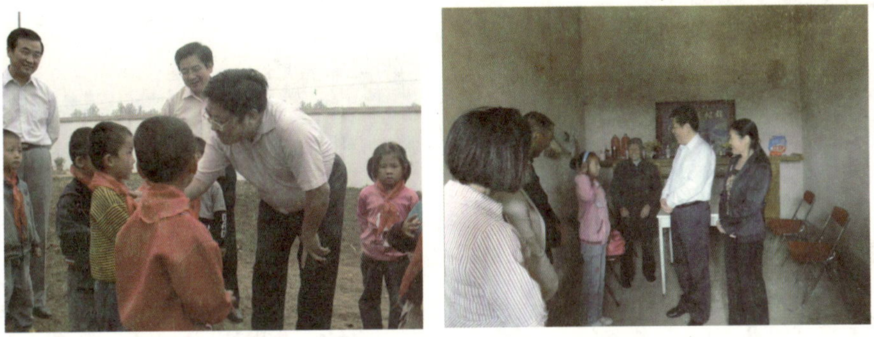

图 2-6　市、县领导和社会人士关心爱护留守儿童

阅读

农民工流动对流入地的积极影响表现为：流动人口给城市提供了大量的廉价劳动力，为城市经济的发展创造了条件，缓解了城市部分行业的劳动力供需矛盾；促进了城市商业的发展；促进了城市周边地区的农、牧、渔和副业的发展；为城市的第三产业的发展创造了条件，为方便城市居民的生活作出了巨大的贡献；为城市与农村的思想、文化交流创造了条件，推动了城市文化向多元化方向发展。

思考

联系身边现实，分析你的亲人外出务工给家庭带来的影响。

活动

调查家乡留守儿童状况，写出一份调查报告。

◎ 第二节

和圣故里　人文之乡

利辛历史悠久，文化源远流长，名人辈出，古迹众多，人文气息浓郁，有独特的民俗文化。

柳下惠坐怀不乱的传说脍炙人口，伍子胥打马过乌江的故事流传千年，胡集的猴戏杂技名扬海外，展沟九曲黄河灯阵蜚声世界。

一、名人故里

利辛，物华天宝，人杰地灵。这方热土哺育了灿若星汉的英才，铸就了辉煌的历史，在哲学、史学、文学、艺术领域中，卓有成就的人数以千计。其中，坐怀不乱的柳下惠堪称历史典范、古今正直第一人，有“和圣”之称，故利辛被称为“和圣故里”。

图 2–7　柳下惠

柳下惠（前 720—前 621），展沟镇柳林村人。本姓展，名获，字禽，是鲁孝公的儿子公子展的后裔。“柳下”是他的食邑，“惠”是谥号，因此后人称他为“柳下惠”。据说他又字“季”，所以有时也称“柳下季”。

清嘉庆《风台县志·营建篇》记载，“柳庄寺在展沟西南八里，春秋时柳下惠居此，附近展姓尚多，传为展禽后裔。”柳下惠“坐怀不乱”的故事在展沟一带妇孺皆知。

图 2–8　柳下惠坐怀不乱雕塑

孟子说“柳下惠，圣之和者也”，可为“百世之师”，所以他也有“和圣”之称。

孟子曾把柳下惠和伯夷、伊尹、孔子并称四位大圣人，认为他不因为君主不圣明而随波逐流，不因为官职卑微而辞官不做；身居高位时不忘推举贤能，被遗忘在民间时也没有怨气；贫穷困顿时不忧愁，与乡下百姓相处，也觉得很愉快。

柳下惠是中国传统道德的典范。孔子赞扬他：“降志辱身，言中伦，行中虑，斯已矣。”又说：“臧文仲其窃位者与？知柳下惠之贤，而不与立也。”

《论语》记载柳下惠在鲁国做士师（掌管刑罚狱讼之事的小官）时，生性耿直，遭三次黜免。虽然屡受打击排挤，但不改其志，道德学问名满天下。有一年，齐国派人向鲁国索要传世之宝岑鼎。鲁庄公舍不得，遂以假鼎冒充。齐国人说：“我们不相信你们，只相信以真诚正直闻名天下的柳下惠。如果他说这鼎是真的，我们才放心。”庄公只好派人求柳下惠。柳下惠说：“信誉是我一生唯一的珍宝，毁我珍宝的事我能干吗？”庄公无奈，只得拿出真鼎。

阅读

李黼（1298—1352） 隋唐开科取士以来，亳州、阜阳范围内唯一的状元。元朝工部尚书李守忠之子，字子威。故里在汝集镇天官李村。李黼自幼聪明好学，30岁在大都（今北京）获殿试第一名，被泰定帝钦点为状元。官拜宣文阁监书博士、礼部主事、监察御史，为人至忠至孝。

元朝末年，农民起义军徐寿辉部攻占江州，时任江州路总管的李黼在城破人亡之际，奋不顾身，浴血奋战，并大喝曰：“杀我，勿杀百姓！”被乱箭射杀，时年55岁。李黼遇难后，郡民哭声震天，相率具棺葬于东门外。其壮烈、英勇，撼天动地，名垂千古。

图2-9 状元河夜景

李黼死后被追封为陇西郡公，谥“忠文”，立庙江州，赐“崇烈”匾额。朱元璋称赞李黼为“忠臣义士，舍生取义，身殁而名存，有以垂训于天下后世”，并令“有司建祠肖像，岁时祀之”。

今李黼家乡天官李村北有李黼衣冠冢，其墓被称为“状元坟”。民国以前，李家

图 2-10 状元桥(位于利辛高级中学校内)

族人每逢春节、清明便聚于状元坟前，举行盛大祭奠仪式。

为纪念这位英烈，利辛县城永兴路北的河流被命名为状元河，利辛高级中学校园内建有状元桥。

伍子胥(？—前 484) 名员，字子胥，春秋楚国乾溪(古城，位于利辛县西北部汝集镇，传说又叫阴阳城)人。伍子胥对春秋末期吴国的强盛来说，举足轻重。其治国用兵，以务实为旨，远见卓识，智谋非凡，是中国历史上著名的军事家、谋略家。“伍子胥打马过乌江”的故事在利辛家喻户晓。

图 2-11 伍子胥

伍子胥祖父伍举，因侍奉楚庄王时刚直谏诤而显贵。父亲伍奢，哥哥伍尚，均为楚国大夫。伍子胥性格刚强，少年时好文习武，勇而多谋。周景王二十三年(前 522)，父兄受费无忌谗言被楚平王杀害。伍子胥逃到吴国，辅佐吴王阖闾修法制以任贤能，奖农商以实仓廪，治城郭以设守备，又举荐深通兵法的孙武为将，整军经武，使吴国成为诸侯一霸。

公元前 506 年，伍子胥带兵攻入楚都，掘楚平王墓，鞭尸三百，以报父兄之仇。阖闾死后，其子夫差继位。伐越，围困越王勾践于会稽山。越王献美女西施，愿臣服于吴。太宰喜劝说夫差接受议和，子胥极力谏阻：“勾践贤君，范蠡良臣，若反国，将为乱”，“今不灭越，后必悔之。”夫差不信子胥，偏听太宰，赦勾践，班师回国。勾践从此卧薪尝胆，励精图治，国力日渐强盛。

公元前 483 年，夫差听信谗言，派人送一把宝剑给伍子胥，令其自杀。伍子胥自杀前对家人说，请将我的眼睛挖出置于东门之上，“以观越寇灭吴”。9 年后，吴国果为越所灭。

侯宝璋(1893—1967) 阚疃镇人，著名病理学家、医学教育家。曾任香港大学医学病理系主任教授、代理院长，北京中国医科大学副校长兼病理学教授，全国第四届政协委员，中国医学总会理事。从 1934 年发表我国第一部《病理组织学图谱》后，先后发表论文50多篇，著书3部。1961年香港大学授予其荣誉科学博士，英国皇家学会授予其病理学会终身会员。1967年3月，因急性心肌梗死病逝，骨灰存放于北京八宝山公墓。

图2-12 宋 涛

宋涛（1914—2011） 展沟镇人，中国人民大学经济系名誉系主任、经济学教授，国务院学位委员会经济学科评议组召集人，中国社会科学院经济研究所学术委员，中国《资本论》研究会会长，马克思列宁主义经济学说史学会会长，北京经济学总会名誉会长。著有《政治经济学》、《社会主义经济理论探索》和《市场经济体制与问题探索》等。

图2-13 李奇茂

李奇茂 生于1925年，潘楼镇人，驰名国际的水墨画大师。历任复兴岗学院美术系主任、韩国檀国大学终身荣誉教授、美国波特兰大学中国研究院董事长、圣荷西大学教授、北加州大学教授，现任台湾淡江大学艺术中心主任、台湾艺术学院美术系教授、中华两岸文化艺术基金会会长、台湾中国孔学会会长、中华伦理教育学会理事长等职。美国圣荷西大学设立有“李奇茂教授艺术基金会”。1987年，美国旧金山市为表彰他为东西方文化交流作出的贡献，特别宣布11月29日为“李奇茂日”。

图2-14 李奇茂作品《套马图》

孙逸久（1906—1996） 别号“孤桐跛叟”，阚疃镇人，著名农民书法家。8岁临帖学书，楷书攻研严赵，行草师承张旭、怀素，勤学苦练，锲而不舍，13岁即有名气，常为凤台县城诸大商号写楹联匾额，署名“淝北尺童”。书法作品师古而不泥古，得其神韵而法其自然。郑州黄河碑林有其“源流天上，气贯中原，泽被华夏”大幅翰墨，挺拔苍劲，蔚为壮观。

邓琳琳 1992年4月出生于王人镇邓寨村邓小庄，中国女子体操队队员。邓琳琳腿部和手部力量非常好，在跳马项目中爆发力和速度占很大优势，多次在重大比赛中取得好成绩。2008年，在北京奥运会上与队友精诚合作，荣获了女子体操团体冠军。2012年，在伦敦奥运会上，勇夺平衡木冠军。

图2-15 邓琳琳

二、文物古迹

利辛有着深厚的历史积淀，漫长的历史长河给利辛留下了众多珍贵的文物古迹，有在张村镇出土的夔龙纹铜簠和夔凤纹铜簠等一批西周文物（属国家一级文物）；有具有重要保护价值和学术研究价值的伍奢冢遗址；有保存基本完好的纪家塔；有存在东周文化层的禅阳寺；有被列为县级重点文物保护单位的节孝坊；还有“竹林七贤”之一刘伶之墓等。

图2-16 利辛县出土的部分文物

阅读

伍奢冢遗址　新石器时代至汉代的遗址。位于孙庙乡庙李自然村东北方向500米处，老母猪港南岸。遗址呈谷堆形，占地30 000平方米。因伍奢冢在此而得名。冢上文化堆积层为38米，冢下为18米（河堤剖面），冢南100米处有土城墙，城墙北侧有古井、锅灶遗迹等。60年代，曾发现有石斧、骨针、陶网附、红烧土等。1980年以来，有关人员在地面上采集了大量文物标本，经专家鉴定，为大汶口文化晚期遗物，其上层夹杂着东周至汉代遗物。该处具有重要的保护价值和学术研究价值，2004年10月28日被安徽省人民政府公布为第五批省级重点文物保护单位。

图2–17　伍奢冢遗址

图2–18　纪家塔

纪家塔　位于孙集镇孙园村。建于清嘉庆五年（1800），是一座小型墓葬塔。塔体七层六面，塔基平面呈正六边形，每边长148厘米，塔高约10米。塔旁原有一寺庙，已毁。仿木结构砖塔，每层正中均砌有拱形佛龛。塔身无窗，塔内中空，无塔心柱，每层只有“十”字形横木交叉支撑。塔顶为绿红彩釉葫芦形抜尖，中心以铁钎贯穿巩固。全塔玲珑剔透，保存基本完好。

禅阳寺　位于马店孜镇沈营村，南依阜蚌公路，北邻黑土沟，遗址现状为一处中间略高、四周低缓的丘形地，面积约5 000平方米。采集有鸭嘴形、扁凿形（表面有凹槽）、圆锥形鼎足。器形有夹砂红陶蓝纹罐形鼎，腹饰宽凹蓝纹的夹砂厚壁缸等。时代稍晚的陶片，其纹饰有大方格纹、方格填线纹、小方格纹、蓝纹和绳纹等。陶色以红陶为主，黑陶较少。距地表10厘米以下，有大量红烧土，可能是陶窑或房屋遗迹。从

图2–19　禅阳寺遗址

采集标本分析，禅阳寺新石器时代文化可以分为早、晚二期，其早期属大汶口文化，晚期属河南龙山文化。在遗址中曾采集到铜箭镞、蚁鼻钱、楚国货币等东周文化遗物，说明该遗址亦有东周文化层存在。

节孝坊 位于利辛县城西北方向18千米处，孙集至叶马刘公路北侧。清代光绪皇帝为表彰孙兰芳之母陈氏忠贞节孝，教子有方，御批“圣旨”所立。整体结构系用青石刻制而成，雕工精湛。目前保存完好，现为县级重点文物保护单位。

刘伶墓 民国乙丑(1925)《涡阳县志》载：“李门集东八里有刘伶墓。”今张村镇刘土楼，旧称刘伶集。附近有一个小杜庄，传说是杜康造酒的地方。刘伶，“竹林七贤”之一，嗜酒，人称“酒仙”，“杜康酿酒醉刘伶”的说法源于此。

图 2-20 杜康酿酒醉刘伶

旧城 位于利辛县城东北方向18千米处，芡河东岸。城址宽约东西1.25千米，南北长约1.5千米。城址地表可采集到灰陶四分式卷云瓦当，绳纹筒瓦，几何形空心砖，侧表模印菱形纹砖等汉代遗物。城址外曾发现规模较大的汉砖石墓。墓葬石门雕刻有朱雀图案及铺首衔环。旧城之盛况，当地民间有流传为证：“越王坐旧城，七十二眼井。落星桥，御花园，报恩寺，四门出棺越王死。东部大蒋湾，南有云蒙山，西靠运粮河，北边老龙滩。”

三、掌故传说

利辛县民间掌故传说很多，一直流传至今的有“落凤池”、“霸王沟”、“不怕丢官的夏御史”等。

阅读

落凤池 马店集西八里庄附近有个土谷堆，为禅阳寺旧址。土谷堆下埋有一眼井，当地人称“落凤池”。相传春秋晚期，楚平王昏庸，听信费无忌谗言，杀害了伍子胥的父亲伍奢和兄伍尚，迫使伍子胥逃往郑国，与太子建父子相会。太子建被郑定公谋杀，子胥怕祸连幼主胜，便携胜及胜母马夫人投奔吴国。行至楚地，遭费无忌带兵追杀。途经一小村，马夫人实在走不动了，孩子又啼哭不止，此时追兵将至，万分危急，马夫人对伍子胥说："伍将军保幼主先逃吧！"说罢，乘子胥不备投井自尽。伍子胥悲痛不已，只好搬块石头盖住井口，寻路向吴国方向逃去。18年后，伍子胥领兵伐楚，途经此地，寻到水井处，搬掉石块，捞出马夫人的尸骨葬于井旁。后人建庙宇祭祀，取名禅阳寺。该寺清朝时毁于一场大火。

霸王沟 从涡阳楚店集到利辛城南邵渡口，有一条大沟叫"车辙沟"，旧称"霸王沟"，传说是西楚王推车留下的。相传项羽有一天逃难来到楚店集（旧称楚殿集），正赶上阴雨连绵，道路阻断，不少旱路客商被困，难以入夏水（西淝河古称）乘船贩运。有一盐商愿出高价雇人用独轮车把盐推到西淝河岸上船，因雨水太大，没有人应承。项羽当时年方十几，却虎背熊腰，力大无比，在泥泞的土道上推起车来不觉费力，一口气推了30多千米，直到河岸，把盐送到船上。项羽推车过后，路陷数尺，雨水顺车辙向南而流，越冲越宽，周围百姓乘势顺车辙疏浚，越挖越深，年复一年便成了一条大沟。后来人们才知道推车的就是楚霸王，便称这条沟为"霸王沟"。

不怕丢官的夏御史 张村铺人夏之臣，是明朝万历癸未年（1583）进士。明万历十二年（1584），任河间县知县。上任后访察民情，修堤建桥，筑路浚沟，深受县民爱戴，后以政绩卓著，升为监察御史。万历二十三年（1595），黄、淮泛滥，下游的四陵（今江苏清江市）水患十分严重。由于清口（即泗口）腰铺高堰阻水，淮河水不得畅流入海，水害日甚。有个姓张的治水大臣，建议辟开堵水的高堰，神宗朱翊大怒。因大明开国皇帝朱元璋的三代祖坟都在清口下游的旧龙嘴，一旦决开清口腰铺堤堰，旧龙嘴就会被洪水冲淤。明朝历代皇帝一直听信堪舆家之说，认为黄、淮汇于泗口，皇族陵寝得真龙天子之气，明朝万代基业全赖于此。自洪武以来，历经十余朝二百多年，治水大臣为了讨好皇上，不是导泻，而是在旧龙嘴上游打坝筑堰，年复一年，越筑越高，打了母堰，又打子堰，耗费银两数百万，旧龙嘴仍然浸在水里。明知打堰筑堤无济于事，但谁也不敢提出扒堰放水。夏之臣受命视察灾情，深知其弊，又深知其险，若直言相谏，必然获罪恶；若沉默不语，有失监察御史之责；若随声附和，又不愿违背良心，坑害黎民百姓。思虑再三，决定丢官为民请命，便上书直陈利害，指出历代河臣媚上欺下，害国害民，徒信风水之说的弊端，言词激越，慷慨激昂。奏疏送到工部，大臣们都为夏之臣担惊受怕，又为夏之臣直言上书所钦敬。复奏皇上，神宗看到夏之臣冒死直谏，准奏施行。至此，淮河水才能从清口顺流而下。

四、民俗文化

民俗文化，指一个国家或民族中广大民众所创造、享用和传承的风俗生活文化。它起源于人类社会群体生活的需要，在特定的民族、时代和地域中不断形成、扩大和演变，为民众的日常生活服务。它是一种来自于人民，传承于人民，规范人民，又深藏在人民之中的行为、语言和心理中的基本力量。利辛历史悠久，也就形成了丰富又独特的民俗文化。

古老的西淝河孕育了利辛独特的民俗文化。“万人迷”花鼓灯、利辛清音戏、胡集猴戏、王人农民诗画、展沟九曲黄河灯阵等，被列入省级或市级非物质文化遗产保护名录。

阅读

“万人迷”花鼓灯　花鼓灯源于宋朝，是汉族民间舞蹈的典范，也是淮河文化的代表之一，曾被周总理誉为“东方芭蕾”，有“淮畔幽兰”的美誉。《利辛县志》载：“1956 年，管应明(1932—1991 年，利辛管楼村人，著名民间花鼓灯艺人，艺名‘万人迷’。与‘一条线’、‘小白鞋’、‘草上飞’合称安徽花鼓灯戏‘四大名旦’)带领表演队演出《花鼓戏走大场》，在原阜阳地区、安徽省民间音乐舞蹈汇演中，均获特等奖，后赴京参加全国汇演，又获一等奖。”

利辛清音戏　清音起源于寺庙。僧人出家后朝夕青灯相伴，常扶筝弹琴，自娱自乐。因所弹之曲清雅，所吟之调柔和，遂名“清音”。后传入民间，形成戏曲。清音唱腔优美，曲调清丽，听来婉转柔和，令人清心舒怀，给人一种美的享受，使人的精神境界得到升华，具有很高的审美价值和文学价值。《利辛县志》记载：“阚疃区谷圩乡谷圩村谷保宽于 1978 年创办清音剧团，深受群众欢迎。”

胡集猴戏　我国至少在汉代就有猴戏。利辛猴戏班大都集中在胡集、阚疃、展沟、大李集一带，以胡集最多。胡集猴戏始于清朝光绪初年，距今已有 130 多年的历史。“锣鼓一打圆周周，哪方收粮往哪悠。南乡收了吃大米，北乡收了喝糊粥。南乡北乡都不收，沙河两岸度春秋。”从这首猴戏歌曲里，可以读出那时玩猴艺人谋生的艰辛。最初，猴子只会作揖、翻跟头，后来发展成为一种猴戏艺术，有了锣鼓家什、服装道具，并配有狮子狗，有的还有山羊、绵羊等。猴子不仅能表演“推小车”、“坐旱船”、“上刀山”、“走钢丝” 等复杂技艺，而且还出现了 “张飞卖肉”、“关公赴会”、“老包放粮”等成套的剧目。在表演过程中，艺人在一旁边敲锣边唱猴戏歌，观众眼观精彩表演，耳听幽默说唱，无不畅怀开心。

图 2–21 猴戏表演

王人农民诗画 始于 1957 年，起初只是在墙头上画农业科学知识图解。1958 年，王人乡党委发动群众作诗绘画，提出“有墙有诗，有诗有画、诗画合一”的口号，于是从村庄到集镇，从机关到学校，处处诗画满墙，还建有田间画廊、道路画廊、河岸画廊等。据 1958 年 10 月中旬统计数据，全乡共创作配诗画 8.7 万幅。王人画出自普通农民之手，它继承和发扬了我国民族绘画的优秀传统，诗中有画，画中有诗，多具浪漫色彩，深刻生动地体现了劳动人民的思想感情和理想，充分表达了劳动人民的豪迈气概和革命乐观主义精神。配诗画《牛郎织女永相会》被制成铁画，曾在法国巴黎展出。中国新闻电影制片厂将王人农民画和王人农民画家拍成专题新闻纪录片，在全国各地上映，引起强烈反响。

图 2–22 王人农民画

展沟九曲黄河灯阵 “黄河九阵，曲曲弯弯，圈圈套套，总归直道；火树银花，雪雪亮亮，明明晃晃，赏目悦心”，这是展沟九曲黄河灯阵楹联。九曲黄河灯阵是展沟独有的民间习俗，有千年历史。它从兵阵演变而来，以灯代兵列阵，匠心独具。

九曲黄河灯阵为安徽省非物质文化遗产保护项目，是展沟独有的民间习俗，有千年历史。

《封神榜》上有一段三霄娘娘摆九曲黄河阵的故事。展沟集北原有座古庙，叫泰山宫。泰山宫里供奉的泰山奶奶，传说就是当年布下九曲黄河阵的三位仙姑。自古以来，展沟集阴历二月十五泰山宫庙会上，插灯布阵用的就是九曲黄河阵图。

图 2–23　展沟九曲黄河灯阵

据史料记载，泰山宫兴建于唐大历年间，明朝初年重修，千百年香火绵延不绝。然而，历史原因使这一方名胜化作废墟。唯一值得庆幸的是，九曲黄河阵图还完好保存在民间。

展沟九曲黄河灯方阵，占地数亩。旧时用竹竿、草秸扎阵，今以布幔、丝网围成。八门九宫，道路九曲十八折。过去彩灯照明靠蜡烛，现在采用电光源。灯插三百六十五盏，对应周天之数。上下五千年，神话故事、历史人物大会串；纵横八万里，天上飞、地上走、水中游，云蒸霞蔚，五彩缤纷。有龙腾虎跃、骏马奔驰、麒麟送子、孔雀开屏，多类动物呈祥瑞；有梅兰竹菊、芍药牡丹、丹桂栀子、芙蓉水仙，各种花卉竞妍艳。

入灯阵如进迷宫，优哉游哉，疑是身在河汉；一幅幅画卷，令你目不暇接，以为误入桃源。灯旋路转，不知不觉迤逦数里之遥，依然未出圈外；曲径通幽，引人入胜，使人流连忘返。

文化作为一种社会现象，在人类文明的演进过程中，深深地打上了地理环境的烙印。南北交汇、东西过渡的地理位置，孕育并造就了利辛文化的多元性和民俗的过渡性。

阅读

婚嫁 民国年间，传承古代纳彩、问名、纳吉、纳征、请期、亲迎六礼，实行封建包办婚姻，凭父母之命，媒妁之言，青年男女无权自主；奉行“二姓之好”、“同姓不婚”的古礼，同姓结婚，视为宗族奇耻大辱，姑表、姨表近亲结婚，视为名正言顺。男女订婚，有“小红媒”（娃娃亲）、“大红媒”（成年定亲），纳彩（送礼求婚）、纳征（送聘礼）不拘多少，小红媒甚简，大红媒略丰。男家一般备钗环首饰、衣服几件，女家酬以头巾、文房四宝，互致勉励。亲家交往，淳风翕然。旧时，百姓耻于婚姻论财，若女家苛求彩礼，则被社会唾骂。迎娶极为隆重，有迎亲、送亲、拜堂、合卺、庙见、回门等繁文缛节。20世纪80年代以来，农村财礼之风日炽，已成陋习。财礼大致有4种：一是见面礼；二是四首礼，包括过花红（送礼订婚）、传书（议定婚期）、迎娶、年礼，每次要备猪肉、鲤鱼、羊腿、酒、果品、公鸡等；三是彩礼，要缝纫机、自行车、录音机、手表、家具、衣料等，由女方选购，男方付钱，更有甚者，女方为娘家要小板车、大黄牛、砖瓦、木料、养老钱，名目繁多，男家越是困难，女家越是苛求；四是寻常礼，女方寻常到男家，男家有时给三五十元钱，有时给衣服、布料，女方不能空手而回。民谣有“闺女多了盖高楼，儿子多了夜夜愁；花红彩礼千斤重，压得二老泪交流。”

结婚日子，双方择便商定，迎娶一切从简，废除坐轿、骑马、拜天地等旧俗。结婚仪式设司仪。境内向有“新婚三天无大小”的礼俗，婚宴后无论长辈、平辈、晚辈，都可向新娘逗乐取笑，主家以为愈闹愈发。旧时闹洞房有脱鞋、解衣、推拉挤抓等过分之举，实行新婚礼后，多以介绍“恋爱经过”、咬糖、啃苹果、唱歌等形式过“闹房”关。撒床习俗相沿已久，撒床人必须是“全旺人”，即父母健在、儿女双全的女性，在新人未就寝前，撒床人把红枣、染红的花生盛在笸斗里，突然撒向新娘怀里，边撒边唱喜歌“一把花生一把枣，闺女小子满道跑；生小子，要好的；生闺女，要巧的……”经济条件好的主家，亦有撒栗子(立子)、桂圆(尊贵之意)、香烟(香火延绵)等物，以其谐音祝吉祈福。结婚第二天早晨，新娘上灶，入厨擀面条，俗称“喜面”。下锅时放一挂鞭炮，左邻右舍听到鞭炮声纷纷拿碗来盛喜面，认为小孩吃了能长命富贵，老人吃了不牙痛。

节令 春节，俗称“过年”，有“吃罢腊八饭，就把年来办”的俗语，家家准备年货。春节前一日，习称“年三十”，贴剪纸、年画、门神，中午隆重聚餐，燃放鞭炮。新中国成立后，不再贴“门神”，易以春联。平常人家贴红对子，居丧人家头一年贴草纸，第二年贴蓝对子，第三年贴绿对子。下午家家包饺子，留作第二天“年五更”吃。晚上纳福守岁，阖家围炉，边吃瓜子果品，边话闲叙旧，称为“守岁”，至深夜始放“关门炮”(鞭炮)。春节凌晨，俗称“年五更”，当家的男人先起床，净手后放“开门炮”(鞭炮)，点亮室内外蜡烛、灯笼，燃灶生火，全家人起早迎春。生意人比一般人家起得早，叫做“抢财”。早餐吃蒸馍、素饺子，忌吃荤腥，意为素素净净，祝愿一年内平平安安。饭前，本家的小孩给老人叩头拜年，老人给小孩“压岁钱”。饭后，开始向本族长辈拜年。通常一个家族分为男、女两队，由年长者带队，顺序拜完本村长辈。长辈人在家应酬，谦不受礼，推让再三，招待烟、茶、瓜子、点心。略为寒暄少坐，就告辞到下一家。拜完长辈拜祖坟，一个家族的男性结成一队，带着火纸、鞭炮、酒、果品等，到坟前焚化浇祭。初二、初三到母族、祖母族，初四到妻族家拜贺。

清明节前一天下午扫墓，男人扛着铁锹、木锨，挑着担子到墓地，把祖坟修饰一新。清明日，家家在房檐上插柳条、纸吊子，到坟地烧纸、放鞭炮。今习俗有所改变。

礼仪　往礼，利辛境内极重亲戚朋友间礼尚往来，儿女结婚、老人寿庆等都要送礼祝贺。为儿子结婚送礼称“往礼”，为女儿结婚送礼称“陪嫁”。

吊丧，老人病故，亲朋邻里往丧主家吊丧。死者生前威望越高，吊丧的人则越多。凭吊送挽联、挽幛、花圈、草纸(俗称火纸)、纸马、纸人、纸箱、纸轿或猪肉、烟、酒、粉丝等。

择吉，旧时，民间婚嫁、丧葬、修造、出行、移徙、纳财、立券、开市、交易、渔猎等，都要选择吉日，避开凶日，讲求黄道、黑道、吉星、凶星、冲克、合局，捡择历书或请教术数先生。新中国成立后，破除迷信，择吉习俗日淡，然趋吉心理仍存，因新历书不载，术数先生难寻，婚嫁遂以初六、十六、二十六日为吉日，出行遂以三、六、九日为吉日，余事均不忌讳。

饮食　面食是利辛人的主食。由面粉发酵蒸成的有蒸馍、卷子、饼子；未发酵做成的叫死面饼子(有的称锅贴)；把和好的面擀薄加入油、盐、菜的叫油馍；和成面糊加入调料、鸡蛋放在油锅中煎的称煎饼。蒸馍为半球状，只有在节日、喜庆、宴宾时才食用；卷子、饼子为常食；煎饼在二月初二食用。另有

图 2-24　蒸馍

烙馍，放在鏊子上炕熟；水烙馍，放在锅内一张一张的叠起来蒸熟；焦馍，在烙馍内加入芝麻，放在鏊子上或锅内炕焦。吃烙馍、水烙馍是为了调剂生活，吃焦馍是中秋节的习俗。

面条是家庭主食。将面粉加入少许水和成面团，擀薄后切成长条状，下入开水锅内，加入油、盐、葱、姜、青菜，是通常吃法；为调剂生活，另有蒸面条、炒面条、炸酱面条、温汤面条、凉拌面条等吃法。

馓子是油炸食品，俗称麻花子、焦果子。将和好的面粉充分醒好后，捻成条状，然后桄起拉细，放入油锅炸成焦黄色。春节时不少人家都做，作为互相馈送的礼品，平时市场有售。

麻叶子是油炸食品，俗称焦叶子，有面粉、米粉、粘秫秫粉多种，有的放入糖，有的放入芝麻、盐，和匀擀成面片，切成菱形，待干后入油锅炸成焦黄色。春节时几乎家家都做，作为自食和互相馈送的礼品。

丸子是油炸食品，将绿豆泡好磨成浆状，加入萝卜丁、虾子、葱、姜、盐，调入少量面粉，制成圆球入油锅炸成焦黄色，春节时作为主食，少量馈送亲友。

麦仁酵子是端午节前食品。新麦收获后，用水拌潮，舂去外皮，然后蒸熟，待半凉加入酒药，上覆苘麻叶、棉被，让其充分发酵后食用。五月端午前，几乎家家都做。

图 2-25　利辛部分美食

“娃娃鱼”俗称“蛤蟆腾子”。若早秋发生粮荒，将七成熟的高粱米揉下籽粒，用石磨磨成糊状，加水调和，滚开水上放软箅子，将稀糊缓慢淋入，则成头大尾小的面穗，捞入凉水中，凉拌食用或加入调料热食均可。民国年间，以其救荒充饥。新中国成立后，已无人食用。及今，尚有人用秫面、麦面、淀粉等做“面鱼子”，方法类似于淋娃娃鱼，为调剂生活而已。

利辛特色美食种类繁多，遍布县城和乡村集镇。声名远扬的要数展沟烧饼、阚疃板鸡、王市枕头馍以及江集羊肉汤等。

展沟烧饼制作独特，其原料为面粉、猪油、五花肉、葱、姜、食盐、麻油、孜然、芝麻等。该烧饼刚出炉时，黄澄澄，热腾腾，香气诱人，咬上一口，一层一页，外脆内酥，满口面香、肉香、芝麻香……让人回味无穷。

图 2-26　展沟烧饼

阚疃板鸡蜚声省内外，它选用优质地方鸡(草鸡)为原料，精细加工，以千年古井之水洗、卤。营养丰富，嫩脆爽口，鲜香无比，吃到嘴里无油腻感，且骨头有嚼头儿。正宗阚疃板鸡仅王氏一家，经四代嫡传，至今已有 100 余年历史。王氏老板讲求信誉，注重产品质量，不是地道的草鸡不做。当地有歇后语：“阚疃板鸡——好吃”。2008 年，阚疃王氏板鸡制作工艺被列入亳州市非物质文化遗产保护名录。

图 2-27　枕头馍

王市枕头馍，顾名思义，就是像枕头一样的大馍。它是用小麦精粉经过酵母发酵后，做成卷状，靠炆火慢蒸而成，有的带黄焦，甚至焦上还饰有龙纹或鱼纹图案。吃起来筋道，香中带甜，一般不掉馍渣儿。

江集羊肉汤多由羯羊加作料，微火久炖所得，味道浓重、鲜美、无膻味，可与杭州的传统“掏羊锅”相媲美。在这里，凡羊身上可食之物你都有机会品尝到。若在汤中放些当地特产红芋粉丝，加上胡椒或辣椒等作料儿，食用起来更是别有一番风味。过去，江集羊肉汤常常惹得一些外地食客专程前来饱尝，不过得赶早，不然会白跑一趟。

另外，马店的麻花、王人的油条、巩店的绿豆丸子、张村的驴板肠、孙集的酵子等，在当地也颇为有名。

服饰 大襟褂、袄：民国年间和20世纪50年代，乡间妇女绝大多数穿右开大襟褂、袄；中老年人褂袄广袖舒襟，肥胖宽大；青年人褂袄稍瘦，常在褂子襟边、袖口饰以花边。60年代起，青年人多改穿对襟褂、袄。及今，乡间老年人尚习穿大襟衣裳。

虎头鞋：为幼儿制作的棉鞋，上绣虎头，以趋吉避凶，及今尚流行。

图2-28 大襟褂

图2-29 虎头鞋

方言 利辛方言属阜阳话，保留着阜阳、凤台、涡阳、蒙城方言的特点，在县内可分为4个小方言区——张村方言区、展沟方言区、胡集方言区、城关方言区。

方言特征："俺"字使用较突出，它既表示第一人称单数，又可表示第一人称复数，如"俺娘"、"俺都来了"；疑问代词"什么"通常说成"啥"；动词"弄"使用较普遍，大多用手做的动作都可用"弄"字来表意，如"把书弄好"（"整理"的意思）、"弄点面条吃"（"擀"、"下"的意思）；语法上，与普通话没有差别。"晒太阳"、"打扫卫生"等，属口语现象。

利辛词汇辑录：

夜隔（昨天），今个（今天），黑里（晚上），夜黑里（昨晚上），合黑（黄昏），麻似眼（黄昏）；

大、爹（父亲），爷、老爷（祖父），姥爷、外老爷（外祖父），姥娘（外祖母），老太（曾祖父、母），妗子（舅母），大爹、大爷（伯父），家里人（女人、妻子），外头人（男人、丈夫），小子（男孩），半头橛子（男少年），年幼橛子（男青年）；

长虫（蛇），血虎子（壁虎），青鱼（鳖），火头（鳢），泥鸡狗（泥鳅），秃草子（蟋蟀），蛤蟆(青蛙),癞痞猴子(蟾蜍),麻喳子(喜鹊),小小翀(麻雀),秫秫(高粱),红芋(红薯),玉蜀黍(玉米),甜秫秸(甘蔗),赚头(猪舌),顺风(猪耳),烧巴子(烧饼),拐子(生姜),额老头子(额部),各拉拜子(膝盖);

二不斗(喻蛮缠),尖头杵(喻吝啬),半吊子(喻不谙常理),五条腿(喻做事悖理)。

活动

收集资料,调查自己所在的村子、乡镇或社区的文化名人、名胜古迹和民间传说,并记录下来。

第三章

经济社会　协调发展

◎ 第一节

农业兴旺　农村繁荣

利辛县是农业大县，经过几十年的努力，加快了农业产业化步伐，培育了一批龙头企业和农民专业合作组织。农业基础不断加强，农业综合生产能力明显提高，农业生产区域布局不断优化，优质农产品比重大幅增加。利辛县先后被评为：全国生猪生产百强县，农业部批准的无规定动物疫病区，全国秸秆养牛十佳示范县，优质山羊板皮基地县，国家级黄淮白山羊标准化示范区。

图 3-1　机械化收割

图 3-2　县领导视察肉牛生产基地

一、欣欣向荣的农业

◆　种植业

利辛县地处淮北平原，属暖温带半湿润季风气候区，降雨受季风影响明显。境内盛产小麦、大豆、玉米、棉花、薯类、蔬菜、瓜果等作物。利辛县主要农产品有小麦、大豆、玉米、棉花。利辛县被国务院命名为“国家粮棉生产大县”、“商品粮生产基地”。

图 3-3　利辛县主要农产品

◆ 畜牧业

利辛县是畜牧强县，丰富的饲料资源为畜牧业的发展提供了物质保障，畜牧经济已成为当地农村经济的主要支柱之一，生产猪、牛、羊、鸡、鸭等。近年来，全县黄牛、生猪、山羊、家禽等存栏数逐年增加，畜牧经济不断发展。

图 3-4　利辛县主要畜牧品种

◆ 林　业

利辛县林业发展潜力巨大。近年来，通过实施“万里绿色走廊”、“长江防护林”、“退耕还林”等重点工程，狠抓了“成片造林”、“农田林网”和“绿色长廊”工程，林业获得了快速发展。2009 年年底，全县林木覆盖率达 18.9%，其中以速生树种杨树为主。

图 3–5　绿满利辛

图 3–6　杨树林

◆ 渔　业

利辛县水资源丰富，发展水产养殖的条件优越。近几年来，利辛县新建、扩建标准化规模养殖场（小区）253 个，规模养殖比重达 61%。2010 年 10 万只河蟹苗被一次性投放到西淝河上游张村段，改善了西淝河渔业的自然生态环境，增加了沿岸群众的水产收入。

图 3–7　西淝河及其河蟹

阅读

安徽利辛永兴现代农业循环经济产业园

永兴现代农业循环经济产业园是省政府农发局批准的现代农业综合开发示范区，省级新农村建设示范点。园区规划涉及7个行政村，交通便捷，自然环境优越。产业园紧紧围绕现代农业和循环经济发展的主课题，坚持“区域化布局、规模化经营、多元化投入、市场化运作”，高起点做到“项目向园区集中、产业链在园区拉长、循环经济在园区内充分实现”，大力发展观光农业、生态农业，培育“现代农业循环示范区”、“生态循环养殖区”、“高效粮油生产区”、“设施果蔬种植区” 四大功能区。其中，现代农业循环示范区是产业园的核心区，将努力打造成为优势突出特色鲜明的现代农业产业循环经济带。

图 3-8　各级领导调研利辛县永兴镇农业发展
（前排右一为安徽省委书记张宝顺，右二为亳州市委书记方春明，左一为利辛县委书记梁栋）

产业园依据生态农业、循环经济的发展理念，重点发展生态养殖业，植入加工物流业，适当发展农业旅游，构建种养加循环发展、一二三产联动互促的能源链条、产业链条，最终实现“皖北重要的农副产品加工物流中心”、“安徽生态节能型新农村社区典范”、“全国知名循环农业产业示范园”的重大战略目标。

产业园将种植、养殖、加工、休闲旅游与新农村居住有机结合，构建产业园循环经济链条。其发展模式为：粮食生产—养猪场—沼气池—大棚、日光温室；粮食生产—畜牧养殖—沼气池—水产养殖；粮食生产—养牛场—蚯蚓养殖—养鸭、养鸡场—养鱼场；粮食生产—养牛场—食用菌；粮食生产—畜牧养殖—有机肥料—露地蔬菜、粮食生产。

产业园将最终实现人与自然和谐共生、经济社会可持续发展。

活动

调查本乡或本村的农业发展状况，写出本地的农业发展报告。

二、农业生产中存在的问题

◆ 科技投入不足

随着农业生产市场化的深入和生产水平的提高，科技对农业发展潜力的提升作用越来越突出。利辛县虽然在兴修农田水利设施、改良作物品种、改善机械设备等方面做出很多成绩，但是科技投入还是相对不足，有待提高。

◆ 农民观念有待更新

利辛人口密度很大，农民的科学文化素质不高。据 2008 年农村抽样调查资料，在利辛县农村劳动力中，文盲和半文盲的人数占 10%，有小学和初中文化程度的占 70%，高中以上文化的只占 20%。科技兴农力度不够，农村学科学用科学的氛围不浓，农民学科学用科学的积极性不高。

◆ 旱涝灾害严重，农田生态系统脆弱

淮河流域降水变率大，对农业生产的影响较大，旱涝灾害频繁多发。农田水利配套设施不够完善，无法应对经常发生的旱涝灾害。有些地方有排灌机械，但青壮年劳动力外出务工，抗旱排涝缺乏劳动力操作；有些地方虽有人力，但缺乏水源，造成灾害频发，制约了农业的发展。

图 3-9　利辛县干旱多发

◆ 小农经营

相当长的一段时间里，利辛县农业经营方式多为小农经营，每户耕地较少而且分散，不利于农业规模生产，商品率低，阻碍了本区农业发展。

思考

利辛农业发展中还存在哪些问题？

三、新农村建设

近几年来，利辛县以生产发展为中心，以增加农民收入为核心，以适当合并自然村、建设中心村、规划整治村镇、引导农民集中建房为突破口，扎实推进社会主义新农村建设，取得了初步成效。

图 3-10 西潘楼镇五里新村

一是现代农业发展快，农民收入提高幅度大。通过土地流转，发展规模种植、规模养殖。结合“阳光工程”、“雨露计划”和“春风行动”，培训农村劳动力，引导他们外出创收，发展劳务经济。

二是开展村镇整治，建设中心村和居民点，建设美好乡村。原则上每个中心村和居民点 200 户，1 000 人左右。对有一定规模的村庄，采取整治村容村貌，完善道路、排水等基础设施建设，使之变成整洁优美的中心村。对居住点散乱、占地多、浪费大、交通不便的村，积极引导群众向交通便捷的地方集中，向集镇集中，向自然村中心地带集中，形成规模效益和聚集效益；对低洼易涝的村庄实行整体搬迁，引导群众到适合居住的地方建房落户。

通过新农村建设，节约了土地，改善了农村人居环境，促进了城乡和谐一体化发展。

阅读

安徽亳州利辛县张村镇永光村土地流转模式成效显著

持续30多年的土地承包责任制，给中国农村带来了巨大变化，农民因此彻底解决了吃饭的问题。但是随着社会发展，农村大量青壮年劳动力涌向城市，老弱病残留守农村种地，在一些地方已经成为不争的事实。如何解决家庭联产承包责任制在新形势下凸显的矛盾，成为摆在各级领导面前现实而又紧迫的任务。

近年来，安徽省亳州市利辛县张村镇永光村，在土地流转方面做了有益探索。

永光村位于张村镇，人均可耕地面积低于全国平均水平，村民们的收入主要靠外出务工，平常村里住着老人和孩子，以及为数不多的青壮年。

永光村农村土地实行合理流转，成立了专业合作社，实现了农户利益最大化。农民增收，合作社壮大，促进社会和谐。农户本着自愿的原则，将自己的承包土地按照商定的租赁费，租赁给专业合作社，农户可以做到“旱涝保收”。村民们在城里打工不需要在农忙时来回奔波，既可以节省来回车费，又可以在城里安心务工。

永光村农业专业合作社实行公司化运作，9名股东主要来自村干部和种田能手。集中经营后，粮食大幅增产，而且这里还有规模养猪场、面粉加工厂，将农产品就地转化，增加农副产品的附加值。合作社配备有信息员，负责在网上收集信息、寻找合作伙伴，通过信息发布，如今他们的农副产品已经远销外地。

（摘自人民网）

◎ 第二节

工业崛起 门类众多

利辛县是国家扶贫开发工作重点县，工业基础比较薄弱。当前，全县正在着力推进国有中小企业民营化的改革，积极鼓励外商以收购兼并、承包等方式参与企业改革，推进全县工业及民营企业发展。主要工业门类有食品、纺织皮革、化工、电子、轻工、建材等。其中化纤产品以及牛、羊、猪、驴肉产品畅销海内外。

一、利辛工业概况

“十一五”期间，利辛县以工业化为核心，围绕“强工富县”战略，强力推进工业化进程，抓住深化改革、技术进步、产业升级、规模扩张和产业集群五个关键环节，以信息化带动工业化，加快工业结构的战略性调整和升级，着力提高工业在国民经济中的比重。实施工业“4321”工程，即壮大四大产业板块（能源工业、食品工业、筛网工业、服装工业），打造三大重点园区（利辛县工业园、天然气化工业园、板集煤矿工业园），创建两大生产基地（全国筛网工业生产基地、煤电气化生产基地），做大做强10家重点骨干企业，走出一条科技含量高、经济效益好、资源消耗低、环境污染少、人力资源得到充分利用的新型工业化道路。

图3–11 亳州市2011年第三季度经济工作调度会代表考察利辛工业园

阅读

利辛县1—8月规模以上工业生产增速位居全市第一

2011年1—8月，全县新增规模以上工业1家，规模工业总数达到43家。8月全县规模以上工业整体上呈高速增长态势，完成现价产值42 777万元，累计完成现价产值189 766万元；8月实现工业增加值（现价）10 048万元，同比增长52.39%；累计实现工业增加值（现价）43 793万元，同比增长32.86%；较1—7月份提高9.86个百分点，高于全市8.06个百分点；一改前期落后的局面，增幅位居全市第一。同时，累计完成销售184 717万元，同比增长76.4%，产销率达97.34%，同比提高1.57个百分点，实现产销两旺。（摘自：利辛政府网）

二、利辛工业园

利辛工业园2006年被省政府批准为省级开发区。近几年来，特别是2009年以来，在县委、县政府的正确领导下，在相关部门的大力支持下，工业园取得了一定的成绩。截至目前，共入驻企业91家，其中投产企业56家，规模企业23家；建成区面积达到9.5平方千米。2011年1—10月，园区实现工业总产值16.5亿元，同比增长163.69%；实现销售收入15.6亿元，同比增长171.06%；工业增加值4.3亿元，同比增长139.05%；上缴税收2 677.15万元，同比增长140.37%。经过几年的发展，园区已初步形成了食品加工、绿色照明、丝网纱门及服装服饰、汽车改装及零部件制造四大主导产业。

图3-12　利辛工业园

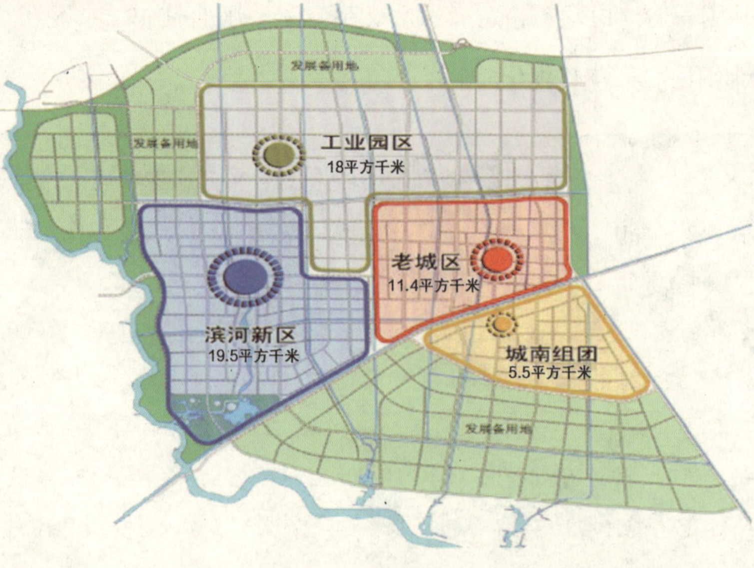

图3-13　工业园区分布示意图

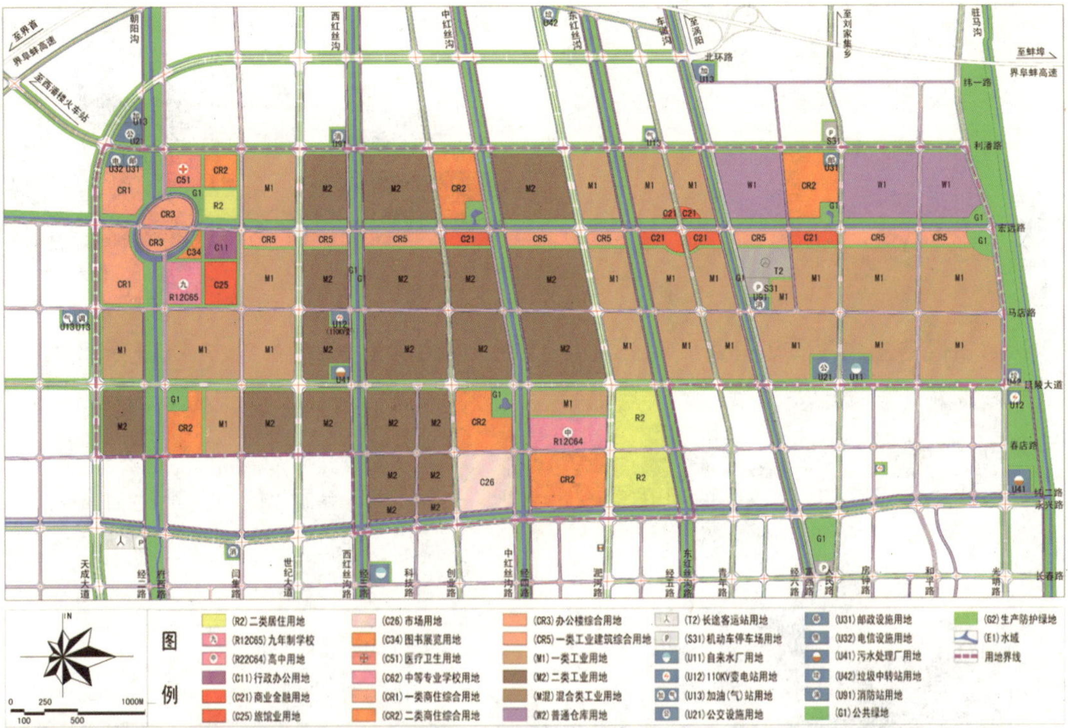

图 3-14　利辛县工业园区控制性详细规划图

图 3-15　食品加工

图 3-16　服装加工

阅读

中国·利辛国际丝网城　由安徽省业辉置业有限公司投资兴建，计划投资 30 亿元。一期兴建的丝网城 A 区为小型轻工生产加工区，共 20 栋，总建筑面积 15 万平方米，投资 3 亿多元。厂房的设计采用了“前店后坊”式格局，在满足生产需要的同时，兼顾了小型办公和销售展示的需求。建成后可容纳240多户小规模丝网、纱门等轻工生产经营者入驻，可解决近2万人就业，年产丝网纱门7 000万条，年交易额10多亿，年利税过亿元，其中，生产的丝网纱门80%出口，创汇近亿美元。

图3-17　中国利辛国际丝网城

安徽浩翔农牧有限公司　注册资金2 060万元，总资产6 000余万元，是一家以种猪育种为核心，集饲料加工、种猪繁育、生猪改良、规模种植及畜牧技术服务于一体、产供销一条龙的省级农业产业化龙头企业。荣获全国三农科技服务金桥奖，是首批国家级标准化示范场、省级科技型民营企业、全国猪育种协作组成员，通过国家无公害生猪产地和产品认证，获国家专利技术4项。2010年8月与上海两家公司合资兴建了饲料厂。

图3-18　安徽生猪良种推广工程技术研究中心

饲料厂总投资1.1亿元。一期工程已投产，年产能力20万吨，总投资5 600万元，建设总建筑面积73 600平方米。一期工程完全达产后年产值近6亿元，年利税1 500余万元。

三、板集煤矿及电厂

国投新集能源股份有限公司在利辛创建板集煤矿，后又建有电厂，充分有效地开发使用煤炭资源，为当地经济发展作出巨大贡献。

阅读

板集煤矿　位于利辛县与颍上县交界处，井田东西长约5.3千米，南北宽约2.5～6.7千米，面积约30平方千米。板集煤矿南靠阜淮铁路，北临茨淮新河，颍利、凤利两条省道从井田东部和北部通过，水陆交通便利。煤层赋存稳定，发热量高，为优质工业动力用煤。地质储量5.06亿吨，可采储量1.99亿吨，矿井设计年生产能力300万吨。

板集煤矿是国投新集能源股份有限公司在安徽投资建设的大型煤炭能源项目，于2004年9月正式筹建。该矿钻井法施工创下的新纪录填补了我国同类技术的空白，解决了超大钻深井筒施工的科研难题，取得了数项具有突破性意义的技术成果。

图3-19　板集煤矿

板集电厂　为有效转化利用板集煤炭资源，国投新集集团在板集申建4×60万kW发电厂。项目总投资100亿元，其中，一期工程上马2台60万kW机组，投资50亿元。发电厂距煤矿1千米处，是典型的坑口电站，有利于节约发电成本，提高综合经济效益。省发改委已批准该项目进行可行性研究。该项目可行性研究报告由安徽省电力设计院编制完成，已通过预可行性研究报告的评审。目前，各项筹建工作正在加快运转，争取早见成效。

四、“西气东输”利辛分输站

“西气东输”主线在安徽省境内设四个分输站，其中利辛分输站是一个大站，也是西气东输管线进入安徽的第一站，主要面向亳州、阜阳、徐州等地供气。

图3-20　西气东输利辛分输站

天然气是绿色燃料，成本低、热量高，不仅为市民做饭、取暖带来实惠，也是工业生产等最理想的绿色燃料。“西气东输”利辛分输站建成后，给利辛发展带来了新的生机。

五、工业发展前景

利辛县工业发展蒸蒸日上，各地因地制宜，蓝图正在绘制。

阅读

未来五年工业工作目标

以超常规力度做强工业经济。强力推进工业突破“326”行动计划，继续巩固四大产业板块的主导地位，精心培育煤电、汽车改装及零部件加工等战略性支柱产业，大力发展绿色照明、新型材料和生物化工等新兴产业，突出抓好板集煤矿、板集电厂等重大项目建设，不断壮大工业经济体量，全面加快新型工业化进程。到2016年，力争全县规模工业企业发展到230家以上，产值超亿元企业达40家，工业园区面积拓展到18平方千米。

（摘自2012年《利辛县第十一届人民代表大会政府工作报告》）

活动

分析利辛工业的发展有哪些有利因素及不利因素。

◎ 第三节

特色旅游　方兴未艾

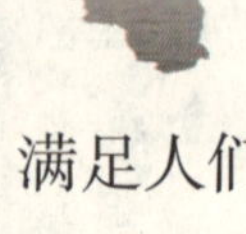

为适应消费观念和消费结构的变化，满足人们消费水平不断提高及休闲的需要，利辛县充分利用丰富的旅游资源，大力发展特色旅游业，不断提高旅游业发展水平。

张村镇、阚疃镇获省“优秀旅游乡镇”称号，孙集镇、马店孜镇获省“旅游乡镇”称号，利辛县正向着“乡村生态旅游重点县”迈进。

2009年利辛县编制了全县旅游发展总体规划和景区详细规划。白鹭洲公园

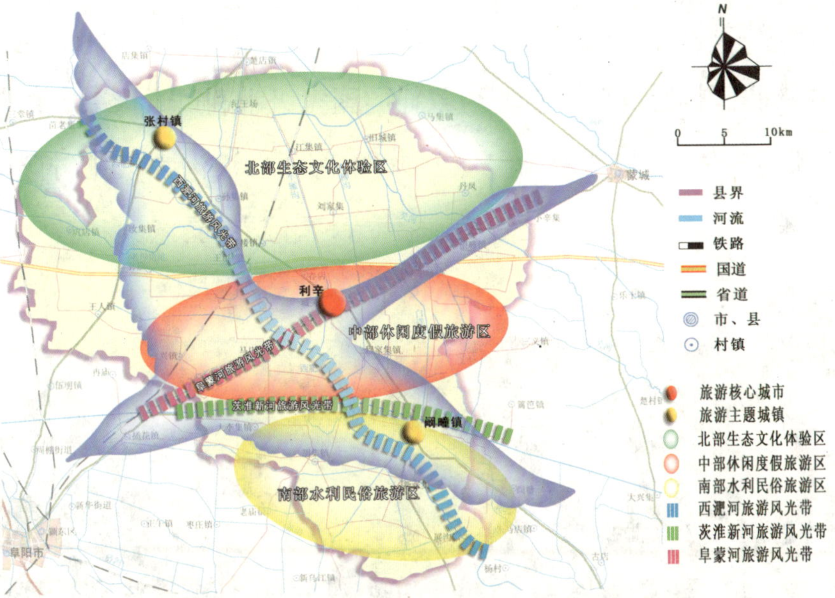

图3-21 利辛县旅游发展总体规划示意图

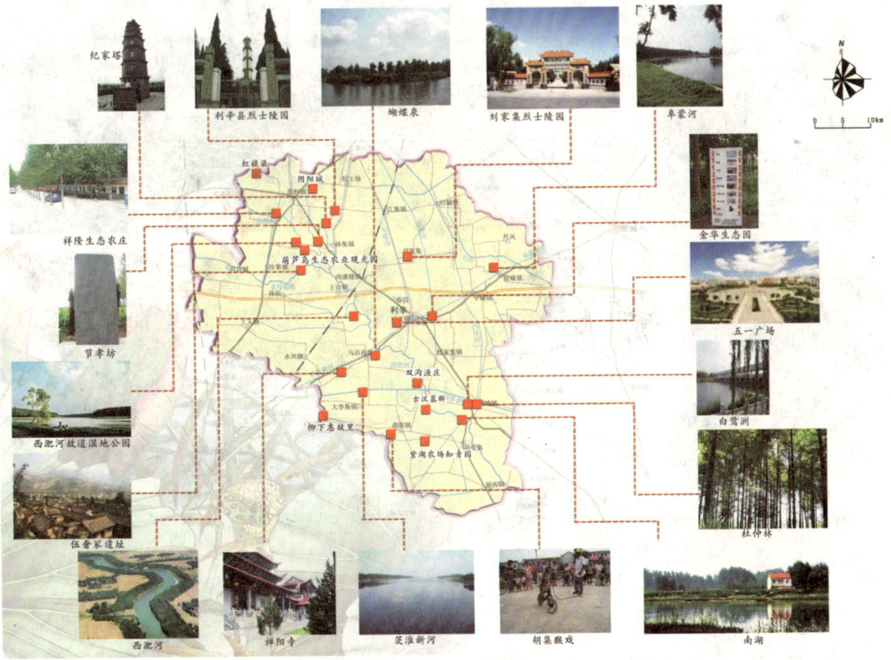

图3-22 利辛县重要景点分布示意图

被批准为国家级水利风景区，蝴蝶泉度假村、祥隆生态农庄、淝河故城、印象江南等都已成为游人如织的重要景点。

在利辛，一个具有乡村特色、生态特点的旅游网将使广大游客流连忘返。

◆ 阚疃镇景点

阚疃镇，北部打造以茨淮新河为依托的国家级水利风景区——白鹭洲公园；南部以西淝河为依托，打造南湖湿地公园；中部以白洋沟为依托，打造白洋沟顺河公园，合理布局顺河带南北观音寺、龙潭寺、阚疃老街、意大利教堂、西汉古墓群等景点。

阅读

白鹭洲

位于西淝河、茨淮新河、阜蒙河、利阚河、月牙河、白洋沟六水交汇之地，是镶嵌在利辛这片沃野上的一颗璀璨明珠。白鹭洲公园突出水利文化的特色，启动了水上娱乐项目，整个景区被划分为四个相对独立的岛屿。景区内“闸抱水、水漫闸”，“洲衬水、水映洲”，碧水清清，渔歌互答，林木森森，鹭鸟翔集。

图 3-23 白鹭洲公园

◆ 马店孜镇景点

马店孜镇，曾是春秋战国时被称为“至德第三人”的吴国季扎的封地，清朝以前称延陵集。马店孜休闲观光产业园规划以现代化农业为基础，以生态旅游为导向，以新农村建设为支撑，建设集农业生产观光、文化体验、生态旅游等功能于一体，宜农宜居宜游的现代化农业园区。

阅读

蝴蝶泉度假村

蝴蝶泉位于马店孜镇，处于西淝河与阜蒙河交汇处，临靠阜蚌公路，距县城6千米，距离阜阳约40分钟车程。从白鹭洲乘船到蝴蝶泉约一小时。

蝴蝶泉景区将通过时尚健康的滨水游憩、精致的亲水宜居等体验项目，打造以爱情文化为核心主题，集生态观光、文化体验、婚庆产业、休闲度假、旅游地产为一体的文化主题旅游休闲度假区。景区由四部分组成：蓝色印象综合服务区，湖岛之恋游憩体验区，爱琴水岸休闲度假区，福寿花海老年养生度假区。

图 3-24　蝴蝶泉度假村一景

图 3-25　蝴蝶泉度假村规划效果图

◆ 淝河故城文化旅游区

淝河故城文化旅游区位于利辛县城西北约 15 千米的汝集镇和孙集镇之间，核心区块包括朱集闸区以及两岸河滩湿地等。景区四面被西淝河与淝河故道环绕。淝河故道为湿地景观，沟渠洼地较多，水鸟白鹭随处可见。西淝河新道水质清澈，成为景区天然的“护城河”。景区植被丰富，野生禽类繁多，生态环境良好。

图 3–26　朱集闸

阅读

淝河故城

古老美丽的西淝河是利辛的母亲河，孕育了利辛悠久的历史和灿烂的文化。淝河故城文化旅游区关注的是历史文化，“杜康造酒醉刘伶”、“伍子胥打马过乌江”、“柳下惠坐怀不乱”等名人古迹、传说故事与独特的历史文化韵味是景区的源泉和核心。“风景与风情”结合，构建“湿地水乡，淝河故城”的主题，实现生态与人文的完美结合，展现一幅西淝河生态景观与利辛历史文化完美结合的画卷。淝河故城，是“历史之城”、“水上之城”、“生态之城”、“休闲之城”。

图 3–27　淝河故城规划总平面示意图

◆ 祥隆生态农庄

近年来，中国乡村旅游取得了巨大成就。发展乡村旅游不仅是旅游业可持续发展的必然要求，也是加快农业产业化进程、增加农民收入的有效措施，更是促进城乡统筹发展、解决“三农”问题、建设社会主义新农村的重要途径。祥隆生态农庄的规划建设紧紧把握时代旅游发展的主题，乘着皖北旅游崛起的东风，抢抓区域旅游发展的空白，另辟蹊径，彰显优势，占领先机。

图 3-28 祥隆生态农庄

阅读

祥隆生态农庄

祥隆生态农庄位于利辛县城西北部的张村镇境内，沿西淝河两岸布局，东西长约 2.90 千米，总面积约 2.02 平方千米。农庄东临省道 308 线，北接省道 202 线，南偎南洛高速，西依济广高速。

祥隆生态农庄经过两年多的发展，已实现投入 1 000 余万元，初步成为一处以生态养殖和特色种植为主的现代农业产业基地，是利辛县现代农业开发的重点项目，并被批准为“安徽省五星级农家乐”示范点。目前，农庄主要以家禽养殖和林木种植为主（包括柴鸡养殖、皖西大白鹅养殖、鸭类养殖、淡水鱼养殖、杨树林种植等）。同时，依靠西淝河良好的生态环境，农庄相继开发了生态特色餐饮、农家休闲娱乐等项目，在利辛及周边地区具有一定的知名度。

图 3-29 祥隆生态农庄家禽养殖

祥隆生态农庄以田园风光为依托，以休闲农业和乡村旅游为主导，以皖北乡村民俗为核心，打造集特色养殖、农林观光、民俗体验、餐饮休闲、会议度假等功能于一体的度假旅游地。

图 3-30　祥隆生态农庄规划效果图

阅读

印象江南

印象江南农家乐位于利辛县王人镇境内济广高速和省道 202 线的交汇处，距阜阳市区仅 20 多千米，是利辛县民营企业自发投资，合理利用高速公路废弃的取土坑，结合本地良好的自然环境和高效的农业基础设施，巧妙营造出的远离喧嚣都市的“世外桃源”。印象江南项目是按 3A 级景区标准打造的集观赏性、体验性、娱乐性、参与性为一体的乡村旅游示范区。在这里，人们既可欣赏优美恬静的自然景观，体会丰富多彩的农村文化，品尝色香味俱全的绿色美食，还可以享受垂钓荡舟、播种采摘的无穷乐趣。

图 3-31　印象江南

目前，该项目已经完成徽派建筑风格的餐饮区、接待大厅、采摘大棚、垂钓中心以及相关的园林景观的建设，累计投入 600 余万元。

阅读

高速发展的第三产业

“十五”以来，利辛县不断加大对第三产业的投入，批发、零售业，住宿、餐饮、娱乐、教育都得到了较快发展，旅游、房地产、信息、中介和社区服务等一批新兴产业蓬勃兴起。

利辛县第三产业发展取得的成就为今后加快发展奠定了良好基础，但与发达地区相比，与国民经济整体发展水平和人民生活日益提高的需求相比，还有很大差距，还存在不少亟待解决的问题。主要表现在：①产业服务意识不强，服务水平不高。②产业规模普遍较小，缺乏较大规模和较强竞争力的企业和项目带动，现有中小企业发育不充分，产业体系尚未形成。③产业内部结构不合理，主要依赖于商贸餐饮、交通运输等传统产业，而新兴行业发展层次偏低，特别是直接服务于生产和科技发展的行业滞后，社会化服务体系和社会保障体系有待进一步健全和不断完善。④行业层次之间发展不够协调，市场化、社会化、产业化、商品化程度低，不适应市场配置资源和提高经济效益的需要。

今后一个时期，利辛县第三产业发展的主要任务是：重点发展商贸流通、餐饮酒店和文体娱乐、房地产和社区服务、金融保险等服务业，加快发展旅游、信息、中介、市政公用等服务业，大力发展科技、教育、卫生等社会公益服务业。

活动

运用所学的地理知识，为利辛县第三产业的发展出谋划策。

◎ 第四节

社会事业　全面进步

建县初期，利辛县是一个落后的农业县。由于受经济基础的制约，全县基础设施落后，社会事业发展缓慢。近年来，随着经济的不断发展，利辛县各项社会事业改革取得了全面进步，文化教育、公共卫生、社会保障等都得到了较快发展。

图 3-32　巩店镇敬老院

图 3-33　利辛县特殊教育学校

一、教　育

百年大计，教育为本。近年来，县委、县政府高度重视教育，把“教育振兴工程”列为新农村建设十大工程之一，提出并实施了“一年打基础，二年有突破，三年见成效，四年上台阶，五年争先进”的教育五年发展计划，积极推进全县教育健康持续发展。现在，利辛县办学条件、教学质量和教学水平等都有了较大的改善和提高，教育事业蓬勃发展。

图 3-34　利辛一中新校区效果图

图 3-35 芜湖市考察团参观利辛高级中学

2011 年，教育振兴工程扎实推进，完成了特教学校、阳光学校、五中、六中、三小等中小学以及幼儿园的建设；新建、改建村级幼儿园 71 所，实施学校标准化创建 69 所，高考本科达线人数首次突破 3 000 人大关；九年义务教育中小学入学率居全省领先水平，高中阶段教育在校生由 2006 年的 1.9 万人增加到 2.3 万人。

图 3-36 利辛某职高学生在上课

图 3-37 利辛实验小学学生在上体育课

阅读

办人民满意学校 育优秀素质学生

利辛高级中学是亳州市示范高中，省示范性普通高中创建学校，校区建设是“利辛县 2009 年城市建设十大重点项目”工程之一。

学校坐落在县城北部永兴路，总建筑面积 55 000 平方米，总投资 1.1 亿元，教学区、生活区、运动区、文化休闲区及附属配套设施完善。2009 年 3 月规划建设，2010 年 8 月建成并交付使用，2011 年荣获安徽省建设工程“黄山杯”奖。现有教职工 320 人，在校高中生 5 200 人。

学校新一届领导班子在县委、县政府的正确领导下，制定了“质量立校、特色兴校、文化强校”的发展战略，遵照市委“少说多做、真抓实干”的工作要求，在较短的时间内把学校办成了“环境优美、书香浓郁、管理规范、富有特色”的优质高中。

图 3-38　利辛高级中学远眺

二、卫　生

2009 年，利辛县有 3 所县直医院，26 所乡镇卫生院，开放床位 1 332 张，县乡两级卫生技术员 1 624 人。

近年来，利辛县委、县政府高度重视卫生工作，把发展卫生事业作为改善民生的一项重要工作摆上议事日程。利辛县的医疗卫生综合服务水平得到不断提升，城乡医疗服务差距逐步缩小，乡镇卫生院文明创建活动深入开展。利辛县三级卫生服务网络实现了全面覆盖，初步解决人民群众"看病难、看病贵"的问题。

阅读

利辛县医院新区

利辛县医院新区位于县城淝河路西、文州路南，总建筑面积 9.3 万多平方米，分三期实施。一期工程总建筑面积约 4.5 万平方米，其中，急诊、门诊及行政楼约 2.5 万平方米，病房大楼 12 层，约 2 万平方米，可开设病床 550 张。新区建成后，必将促进县医院的医疗设施、医疗质量和医疗环境的进一步改善，更好地满足利辛县及其周边人口对医疗卫生服务的需求。

图 3-39　利辛县医院新区效果图

三、社会保障

社会保障是指国家和社会通过立法对国民收入进行分配和再分配，对社会成员特别是生活有特殊困难的人们的基本生活权利给予保障的社会安全制度。社会保障是维护百姓切身利益的“托底机制”，是经济发展的“推进器”，是维护社会安全的“稳定器”。新中国成立以来，城镇社会保障制度逐步建立和完善，农村社会保障制度建设也在顺利地向前推进。

利辛县政府大力开展社会保障工作。五保老人基本上都入住乡镇敬老院；留守儿童之家、农村留守儿童活动室遍布各乡镇，社会（儿童）福利中心建成使用；建设了一批乡镇综合文化站、农家书屋、乡镇健身广场、农民体育健身工程；认真落实就业再就业政策，稳步推进城乡居民养老保险工作。

医疗卫生保障体系逐步健全。2007 年以来，利辛县政府建立并逐步完善了新型农村合作医疗制度；2009 年所有定点医疗机构全部实行了网上补偿审核，补偿程序逐年规范、简化；人均筹资额增加，参合率逐年提高；住院补偿最高限额增加，慢性病补偿范围扩大，补偿比例上调，补偿标准逐年提高。

老有所养、病有所医是百姓最关心、最直接、最现实的利益问题，也是各级政府部门孜孜以求的目标。近年来，利辛县社会保障制度不断完善，各项社会保险覆盖范围逐渐扩大，参保人数和基金规模持续增长，社会救济、福利、优抚安置等工作不断取得突破，各项社会保障工作得到了广大人民群众的认可和肯定。

图 3-40 利辛县保障性住房——安居苑

图 3-41　亳州市市委副书记、市长沈强(右三)在利辛县慰问困难群众

图 3-42　利辛县领导看望福利院儿童

活动

调查我们身边社会生活的变化。

第四章

美好家园　携手共建

◎ 第一节

和谐新城　科学发展

一、城市发展现状

近几年来，利辛县按照“规划提档、建设提速、管理提质”的要求，攻坚新城区，会战老城区，努力完善城市功能，彰显城市特色，城镇品位在功能完善中不断提升。

通过突出规划引领作用，利辛县完成了新一轮县城总体规划修编，以及滨河新区概念性规划、县城道路交通专项规划和12个乡镇总体规划编制工作；启动了滨河新区建设，初步形成了老城区、工业园区、滨河新区“品”字形发展格局；通过大力实施“西进、北扩、南优、东待”城市空间发展战略，做靓西部滨河新区，做美东部旧城区，做强北部工业区，阔步向中等城市迈进。

利辛县发展目标是：突出城市特色，找准发展定位，着力打造“和圣故里、仁义之源，皖北水乡、淮上江南”的城市名片；到2020年，力争城区面积达到30平方千米，城市人口达到30万人，城镇化水平提高到37%以上；坚持科学规划，实施保护性开发，加快发展以西淝河为主线，阜蒙河、茨淮新河为两翼的水乡旅游业，力争在短时间内成为皖北旅游新星、中原度假胜地。

省委书记张宝顺在《关于利辛县创新县城规划建设工作的报告》上批示：“可以在县级城建工作中推广。推进城市化，一定要坚持规划先行，强调规划的严肃性。”

图 4-1　省委书记张宝顺(右四)参观利辛县规划馆

在城市建设过程中,利辛县按照“三区联动”(旧城改造、新区开发、园区扩张)、“三城同创”(争创国家园林城市、安徽文明城市、全省人居环境奖城市)、“三网并进”(路网、水网、绿网同步建设)、“三三目标”(到 2020 年城区面积达 30 平方千米、人口达 30 万)的思路,坚持把城市当景区来谋划,把项目当景点来打造。目前,城市规模不断扩大,规划成果不断显现,为环境、教育、卫生等社会事业打造了一批精品工程,具有代表性的有:淝河之韵文化广场、晴岚溪、醉月溪、三河交汇处、状元河等。

阅读

淝河之韵文化广场　位于利辛县第三小学南侧,新建路北侧,泰鑫路东侧,规划传承老庄哲学中“天人合一”的内涵,融合和谐发展的现代理念,以淝河之韵为主轴,以“柳下惠坐怀不乱”、“伍子胥打马过乌江”、“七层纪家塔”等历史文化为基础,以“人性化与可持续发展”为原则,做好“一泉、两河、三典故、四源头、五苑”,力争文化与景观和谐统一,营造出

图 4-2　淝河之韵文化广场

一个形式与功能、文化信息与景观元素、场地与社会环境既和谐共生又具有现代韵味的文化广场景观。

晴岚溪、醉月溪 利辛县沟河整治工程主要以水系治理为纽带，充分利用现有水系，提高市区防洪排涝能力，实施雨污分流，改善水系水质，打造“两沟、三湖、四溪、五河”，构建最具魅力的城市休闲景观带和最具特色的滨水动态空间，体现利辛“皖北水乡、淮上江南”的城市特色。晴岚溪、醉月溪是其中的重要组成部分。

图 4–3 晴岚溪

图 4–4 醉月溪

三河交汇处 属水岸云顶花都项目，规划用地约 6.5 平方千米，主要包括明珠大酒店、明珠会所、多层及高层住宅。明珠大酒店按四星级标准建设，由一幢 10 层主楼和两幢 4 层附楼组成。酒店东面、南面是沿阜蒙河的城市景观带——明珠广场，占地面积约 8 万平方米，南依阜蒙河、东接红丝沟、北临醉月溪，由滨水广场、亲水平台、文化墙、林荫步道、大型音乐喷泉广场等组成，是市民休闲游乐、健身漫步的城市客厅。

图 4–5 三河交汇处

状元河 西起晴岚溪，东至栖鹭河，全长约 3 800 米，自西向东共有六座跨河桥梁。南北两侧主要为居住、文教和商业区。状元河北岸河滨绿地设计为以满足市民漫步、休闲、游憩为主的滨河游园。状元河南岸河滨绿地设计以绿化为主，并结合永兴路有计划地沿路设置小面积的滨河活动场所。

二、城市发展前景展望

近年来，利辛县委、县政府以科学发展观为指导，充分利用优势条件，以跨越发展、产业提升、改善民生为重点，加速推进“主导产业集群化、基础产业特色化、新兴产业规模化”进程，全面增强综合实力、发展活力和区域竞争力，努力把利辛建设成为景观优美、布局合理、功能完善、现代开放的新兴工贸城市。利辛县城镇发展战略为：

◆ 强化核心——积极培育中心城市

强化中心城区在县域经济中的作用，突出宜居、创业、滨水、文化、生态的城市特色，将利辛县打造成皖北的先进制造业基地、具有文化特色的现代化城市、滨水生态宜居城市。

◆ 培育两个极点——择优培育张村镇、胡集镇—阚疃镇—板集煤矿独立区

规划培育北部张村镇、南部胡集—阚疃—板集矿区两个县域经济增长极。依托省道308把张村镇建设成为商贸工业型城镇，依托省道224和展沟、板集的煤矿资源，发展服装、皮革制作、商贸流通业，形成新的煤炭型小城镇。

◆ 形成产业集群——统筹规划县域内城镇布局和产业布局

统筹规划县域内城镇布局和产业布局，加快基础设施建设，促进现代化小城镇的尽快形成；以开发区为依托的基地型集群模式、以传统知名度或美誉度为依托的品牌型产业集群模式、以龙头企业为依托的星系型模式等，重点打造城区的产业园区和“两级”次级产业集中园。

◆ 点轴联动，分片均衡——两轴带动，四区协调发展

以中心城区为核心，以省道308、省道224为依托，向县域南北放射形成城乡体系空间的一级发展轴。利辛县共建设4个经济区，以促进区域经济社会全面发展；通过节点和轴线的带动作用，使各区域都能体现自身特色，发挥最大潜力，实现共同协调发展。

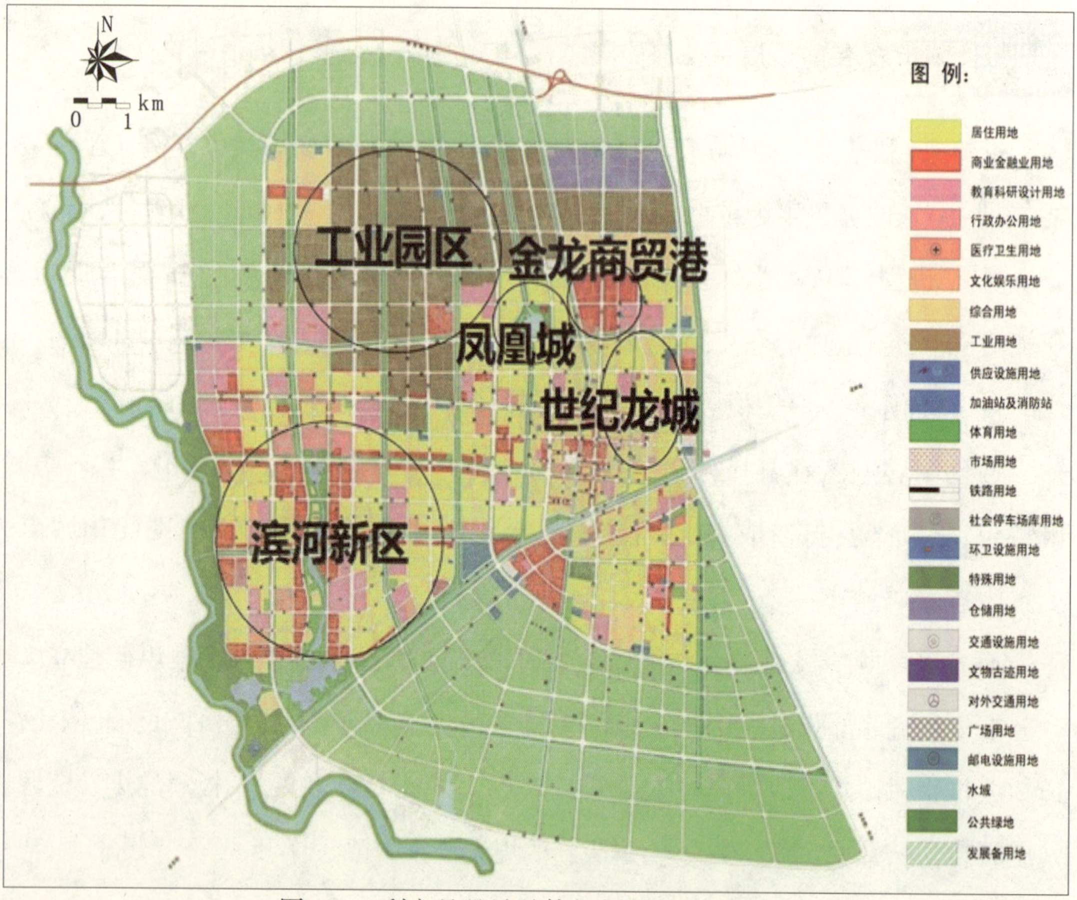

图 4-6　利辛县县城总体规划(2009—2030)

利辛县城空间结构与布局

阅读

● 老城综合区:北至延陵大道、永兴路,南跨阜蒙河至城南路,西至中红丝沟,东至光明路、驻马沟,用地 16.9 平方千米,居住人口约 23 万人。主要职能为商业服务、居住和医疗卫生等,兼有部分行政办公职能。

①阜蒙河以北居住用地以长春路为界,分为 2 个居住社区。

②加快旧城商业中心的改造,形成以人民路两侧与向阳路北侧中心地带为核心、以商业服务为主要职能的城市公建副中心。

③在城南路与人民路交叉口西南形成建材市场等市场用地。

● 城南综合区:北至阜蒙河、西与南至城南路,东至驻马沟,用地 5.5 平方千米,居住人口约 8 万人;主要为居住社区,并有部分商业用地。

①居住用地以华兴路、人民路为界，分为3个大、中型居住社区。

②在光明路与城南路交叉口西北布置物流用地和部分工业用地。

● 滨河新区：北至城南永兴路、前进路，南至阜蒙河，西至西淝河，东至西红丝沟、中红丝沟；用地19.5平方千米，居住人口为24万人；以居住、商务职能为主，兼有行政、文化、会展、教育、医疗卫生等多项职能。

①在片区中部规划一个约500米宽的中央公园(含有休闲设施、广场以及社区公共设施等用地)作为片区南北向中轴线，以规划的新城公园作为滨河新区南北向轴线的南端节点，并在北部规划行政办公中心作为南北向中轴线的北端节点，形成以方格网道路系统以及南北中轴对称为基本特征的滨河新区规划布局形态。

②居住用地以向阳路、府西路为界分为3个社区。

③公共服务设施主要布置在向阳路及中央公园两侧，安排商业、金融、行政及商务办公、文化会展、宾馆、休闲娱乐等大、中型公共设施，共同形成滨河新区综合公建中心——城市公建中心。在片区西部充分利用优美的西淝河滨河景观，规划滨水社区用地。

● 北部工业仓储区：规划为远期城市建设用地，能容纳4万左右就业人口。

①依托现有工业用地和规划的天成大道向东、永兴路向北拓展，形成以汽车零部件、木材加工、食品加工、服装等产业为主的现代工业园区。

②在人民路和青年路之间建设物流用地。

③在控制性详细规划中，可以进行“一区多园”的划分。

(摘自2009年《利辛县城总体规划纲要》)

阅读

城市重要节点全景展示

● 滨河新区——开辟城市发展新方向

滨河新区位于县城西部，规划用地19.5平方千米，规划居住人口24万人，坐拥皖北独有的西淝河、阜蒙河两条黄金水带，是利辛“品”字形城市发展战略重要区域之一。滨河新区将在区域层面上成为皖北地区城镇发展的重要节点；在县域层面上成为利辛县域城镇化发展的核心地区；在城市层面上，成为和谐发展的综合性新区。

滨河新区，构筑新区绿化景观骨架，形成“一脉三承”、“双湖含珠”、“六心合带”的中轴格局，促进城市和自然的有机融合。

滨河新区，构建“一带两轴，六心四廊”独具特色的空间结构，将西淝河、阜蒙河优美的自然环境引入新区，打造“城水相依，绿荫环绕”的宜居城市典范。

滨河新区，以优质的第三产业为依托，以便捷的交通体系为基础，以多样的城市功能为支撑，强力激发了新区活力。

图 4-7　滨河新区规划鸟瞰效果图

图 4-8　滨河新区南部滨湖意向图

● 世纪龙城——实现东部旧城换新颜

世纪龙城占地 2 平方千米，规划人口 5 万人，南濒阜蒙河，北临金龙商贸港，西接人民路老城中心，东至明光路外环，居于城市东南门户的焦点。

规划结构采用“一带一轴，三心六区”的结构体系，构筑出东部地区有机融合的整体。

世纪龙城整体空间形态呈卧龙腾飞之势，以滨河时尚中心为首，以公共服务带为脊，以空间联络线为脉，串联整个地区。

图 4-9　世纪龙城规划示意图

图 4-10　世纪龙城效果图

图 4-11　世纪龙城鸟瞰(局部)

● 工业园区——实践工业腾飞新思路

工业园区规划用地总面积 18 平方千米，形成一个产业链明显、产业特色显著、各功能配套关联、新型且相对独立、具有国际化特征的北部工业新城。

图 4–12　工业园区空间规划鸟瞰

● 凤凰城——开启城市生活新篇章

凤凰城位于滨河新区、工业园区和老城区交汇之地，占地 3.9 平方千米，规划人口 8 万人。用地北至延陵大道，南接文州路，西邻晴岚溪，东至福强路。地段区位优越，将成为利辛重要的宜居地区。

规划以状元河、车辙沟、红丝沟、晴岚溪为基础，连接各个城市节点、居住院落，形成多层次水网体系。状元河与红丝沟交汇于基地中央，形成“和园”，尽显江南园林意境。以和园为中心呈“T”字展开的红丝沟滨水特色商业街区，力展江南的富庶繁华。各居住区围绕和园、滨水商业街布局，尽享江南生活的惬意恬静。

图 4–13　凤凰城湖区远望

图 4–14　湖区鸟瞰效果图

● 金龙商贸港——打造皖北物流新中心

安徽金龙国际商贸港由金龙科技集团有限公司投资兴建，计划投资 22 亿元。该项目涵盖小商品区、家具家饰区、建材装饰区、陶瓷器具区、酒店等，项目建成后将成为皖北及中原地区新的物资集散中心。

图 4–15　金龙商贸港小区空间布局鸟瞰

图 4–16　金龙商贸港小区内部透视效果图

活动

参观新城，感受利辛变化，写一篇观后感，畅想利辛的美好明天。

◎ 第二节

蓝天碧水　与人相伴

利辛县的环境质量总体来说比较好，天蓝云白，地绿水清。随着人们对优质生态环境的向往，利辛这块“皖北净土”愈发珍贵。

随着人口的增长和经济的发展，部分地区的环境质量有可能呈下降趋势，有可能出现一些不容忽视的环境问题。

一、环保工作　卓有成效

近年来，利辛县广泛深入地开展了创建文明乡镇活动，各地政府高度重视，广大群众积极参与，森林覆盖率大大提高，乡镇面貌焕然一新。

县城治污的力度逐渐加大：对城市和工业区全面规划，合理布局，分散污染源；对污染严重的工业，实行了“关停并转”以减少“三废”的排放，先后关闭了化肥厂、牛羊肉加工厂等几家严重污染环境的企业；对现有的工厂实行达标排放，并建设了大型污水处理厂。

图 4–17　利辛污水处理厂

二、保护环境　从我做起

利辛县环境保护工作虽已取得初步成绩，但今后的任务还十分艰巨。利辛县已把环境保护纳入可持续发展战略的重点。

作为21世纪的建设者，我们一定要确立和强化环保意识，从身边的小事做起，积极参与环境保护和治理工作，净化、绿化、美化环境，使利辛的明天更加美好。

阅读

利辛高级中学成立环境保护志愿者协会

面对环境的日益恶化，环保已经成为一个热门话题，环境保护工作刻不容缓。为了让生活环境更加“绿色”，利辛高级中学的环保志愿者成立了一个绿色环保社团——环境保护志愿者协会。

约束自己，善待生灵，敬重生命，保护自然。利辛高级中学环境保护志愿者协会是一个以环境宣传和环境保护实践活动为内容的组织。以“宣传绿色文化，培养绿色人才，播撒绿色种子”为宗旨，结合中学生特点，通过环保讲座、环保宣传、环境调查和各种环保实践活动等方式，使环保意识深入人心。协会为环境保护爱好者提供了一个环保的大平台，是一个融学习、实践、环保、交流以及公益活动于一身的组织。

协会把学校的环境保护志愿者集中起来，开展环境保护活动。在这里，同学们可以讨论有关环境保护的话题，交流社会上各种环境保护组织活动的信息。

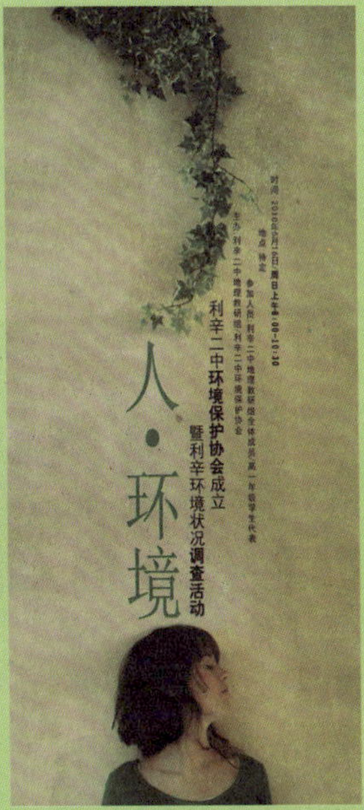

图4-18　环保协会海报

阅读

利辛县污水处理厂调查报告

时间：2010年5月16日

地点：利辛污水处理厂

参加人员：地理教研组全体成员，高一年级各班地理课代表

2010年5月16日早上8时许，参加利辛环保调查的老师和同学们就早早地集合在利辛高级中学综合楼下等待出发。天公不作美，下起了雨。小雨淅淅沥沥地下着，我

们在老师的带领下骑着自行车冒雨直奔利辛县污水处理厂。

上午8时半，我们到达了目的地，污水处理厂的领导热情地接待了我们。在会议室里，三位专家就利辛县污水处理厂的建立，污水处理流程以及污水处理对居民生产和生活的影响等重点问题为我们做了详细的介绍。在谈到污水处理的工作原理时，介绍了污染物处理的两个环节：物理处理和生化处理。技术人员为我们介绍了污水的来源(主要是城区人们的生活污水)。

图 4-19　专家介绍污水处理厂情况

进行一番交流后，技术人员带我们来到了现场。首先是污水处理的第一道程序(经过粗栅栏)。虽然我们刚刚听过技术人员的介绍，心里有所准备，但是当我们闻到了污水散发出的恶臭难闻的气味，看到里面还有固体生活垃圾，水就像墨汁一样黑时，还是被眼前的这一幕震惊了。我们的生活垃圾怎么会那么多，那么脏啊！第一道程序主要是打捞大一点的固体垃圾。之后经过细栅栏、沉沙池、生化池对污水进行沉淀过滤、紫外线消毒等工序，排出来的水达到国家标准排放到阜蒙河里供养鱼、灌溉用。

图 4-20　志愿者参观污水处理厂

时间过得真快，我们的参观不知不觉地过去了两个多小时。我们冒雨返回，同学们已没有来时的兴奋。大家默默前行，每个人都强烈地意识到：保护环境，迫在眉睫。我们要自觉地保护环境，从我们自身做起，从生活的点滴做起，我们更要向身边的人宣传爱护环境的重要性，让地球母亲因为我们每个人的积极参与而充满生机活力！

活动

(1)自然地理环境与人类活动密切相关，要建设我们美丽的家园，就必须深入了解家乡的自然环境，为此开展一次调查活动。活动前先制订计划，分组并确定每个组调查的主题；然后按照确定的调查路线进行调查，并认真做好记录；最后整理调查资料，写成调查报告，在全班进行交流。

(2)讨论中学生在生态县建设中可以做哪些具体的事情。

◎ 参考文献

[1] 利辛县政府.利辛年鉴(2010)[G].2010.

[2] 利辛县委员会.利辛文史(3 辑)[G].2008.

[3] 利辛县委员会.利辛文史(4 辑)[G].2011.

[4] 利辛县地方志编纂委员会.利辛县志(1965—1986)[M].合肥:黄山书社,1995.

[5] 利辛县地方志编纂委员会.利辛县志(1986—2005)[M].合肥:黄山书社,2006.

[6] 利辛县委党史工作委员会办公室.中共利辛县党史大事记[G].2005.

◎ 后　记

校本课程的开发与应用是贯彻党的教育方针，实施素质教育，培养全面发展的未来人才的具体体现。利辛高级中学一向重视此项工作。几乎从新校区建设的同时，根据巩敬耕校长的建议，我们地理教研组开始了乡土教材的编写工作，并着手申报以"地理校本教材开发与应用研究"为题的省级课题项目，最终申报成功，批准号为 JG10110。全体地理组老师积极主动，热情高涨，群策群力，努力工作。巩校长更是参与了编写的全过程，亲自审定了编写的指导思想、目标，并且对编排体系和部分编写内容做了修改。

整整一个学期，到 2009 年年底，完成了初稿的编写工作。2010 年 7 月，我们又对初稿进行了全面修订，并于 2010 年 10 月在高一年级以选修课的形式进行教学。意想不到的是，作为内部资料编印的《利辛地理》，受到了领导和利辛社会各界的好评。

在这个日新月异的时代，仅仅一年，我们的家乡发生了巨大的变化，利辛速度、利辛现象、利辛精神受到全省上下的瞩目和赞扬。《利辛地理》已经不足以全面反映利辛经济社会的发展，加上经过一学期的教学实践，我们也发现了原书的许多不当之处，于是 2011 年 3 月，我们开始了本轮修订。

本次修订，我们选取了利辛发展的最新资料，采用了更能体现师生互动的编排体系，以求此书既有时代特色，又有实用价值。

本次修订，得到了中共利辛县委书记梁栋的亲切关怀。梁书记在百忙之中为本书题写了书名，使学校和编委会的同志受到极大鼓舞！

修订过程中，我们还得到了利辛县委宣传部、县教育局、县住建委、县规划局、县环保局、县地方志办公室、县招商局、县统计局、县文化体育旅游局等部门的鼎力相助。

安徽省教科院吴儒敏老师、安徽师范大学黄成林教授、亳州市教科所王玉龙老师给予了全力支持和指导，李西连等同志为我们提供了大量的资料，在此对他们表示衷心感谢！

本书引用的部分摄影作品，有些无法与作者取得联系，敬请谅解！由于我们水平有限，本书肯定存在很多问题，恳请读者提出宝贵意见！

编　者

2012—05—08

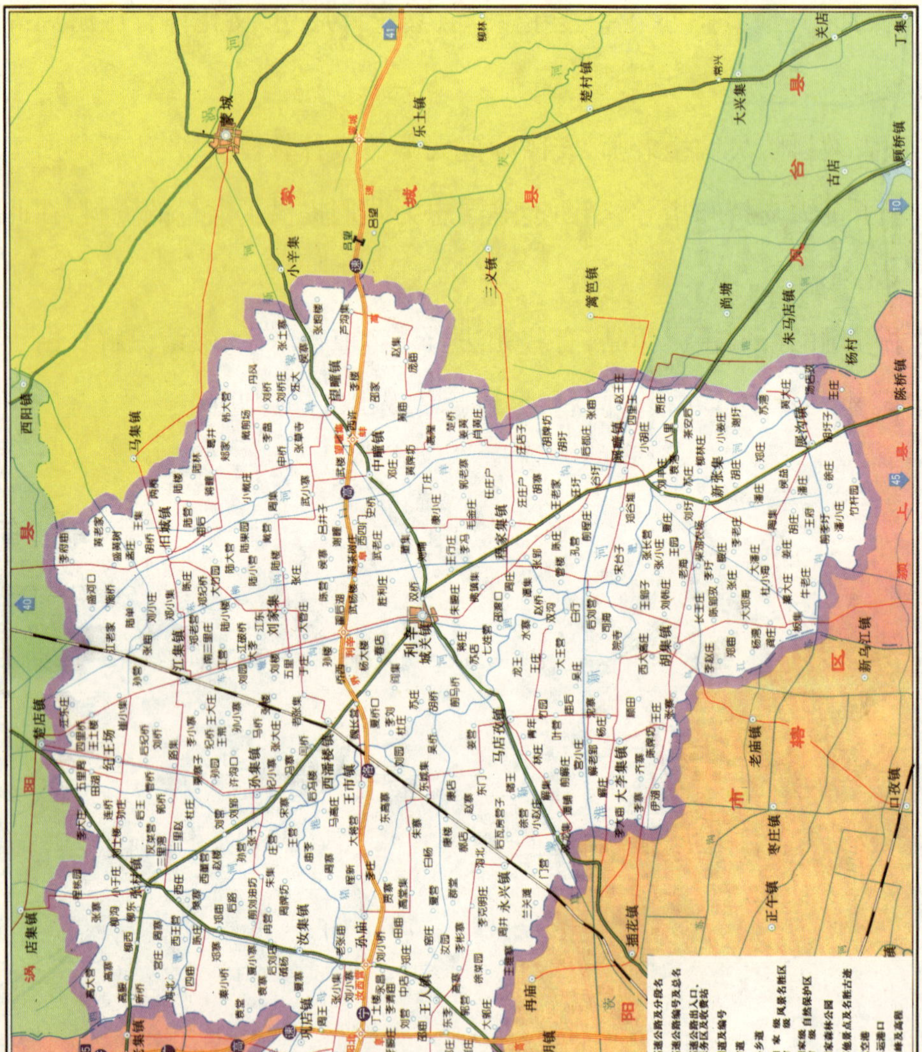

利辛县行政区划图

（据中国地图出版社 2007 年版 2012 年修订的《安徽省地图册》制图）